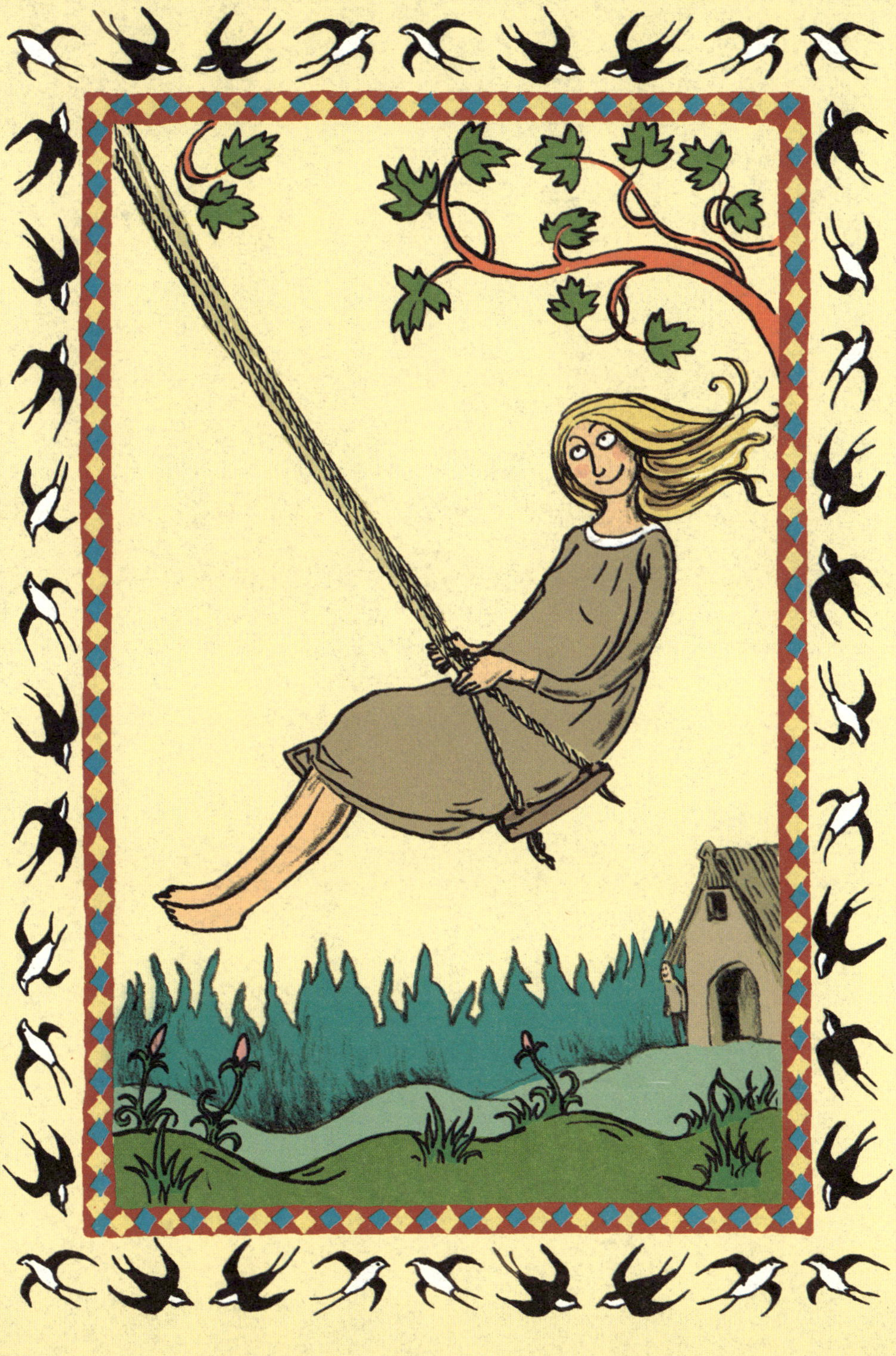

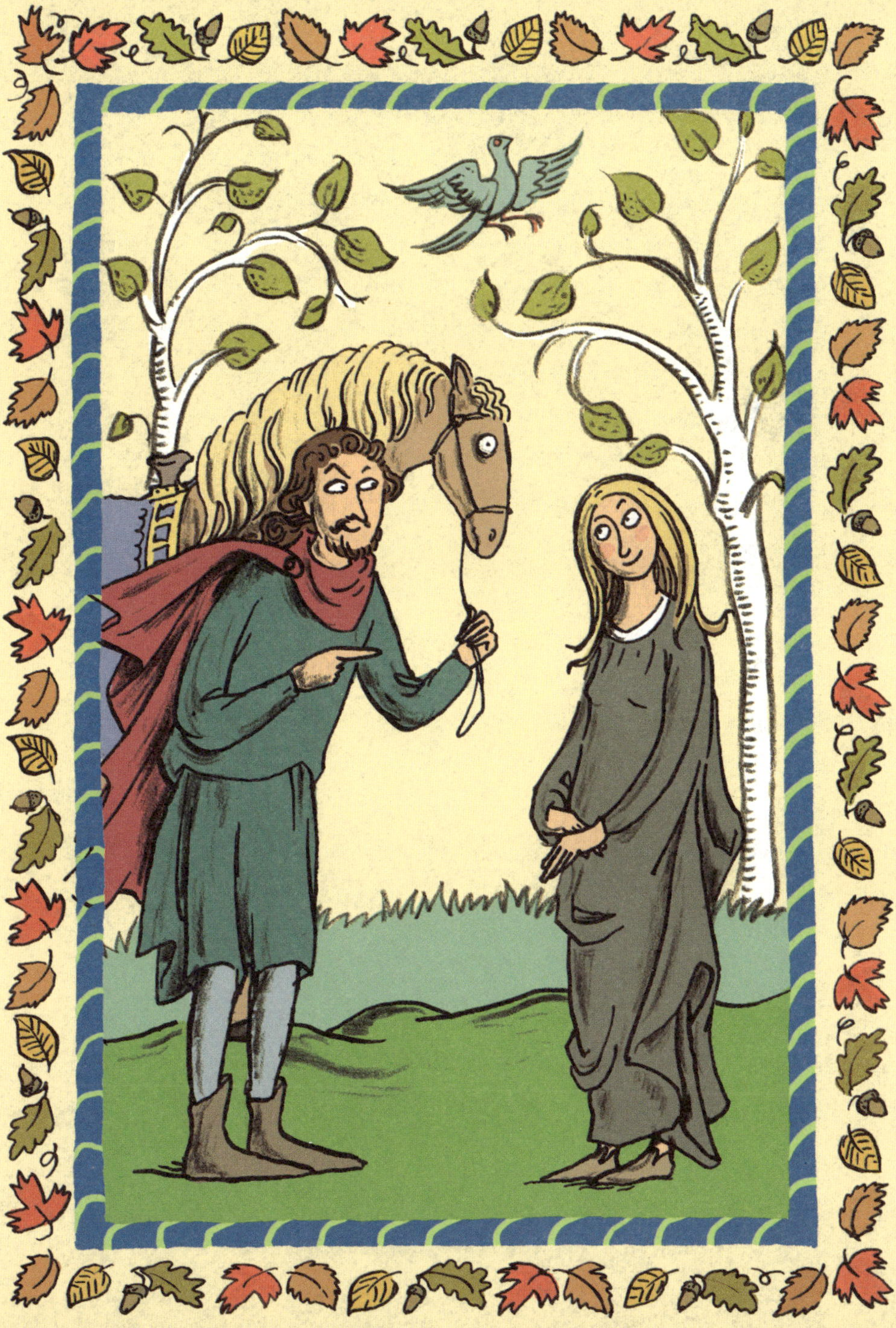

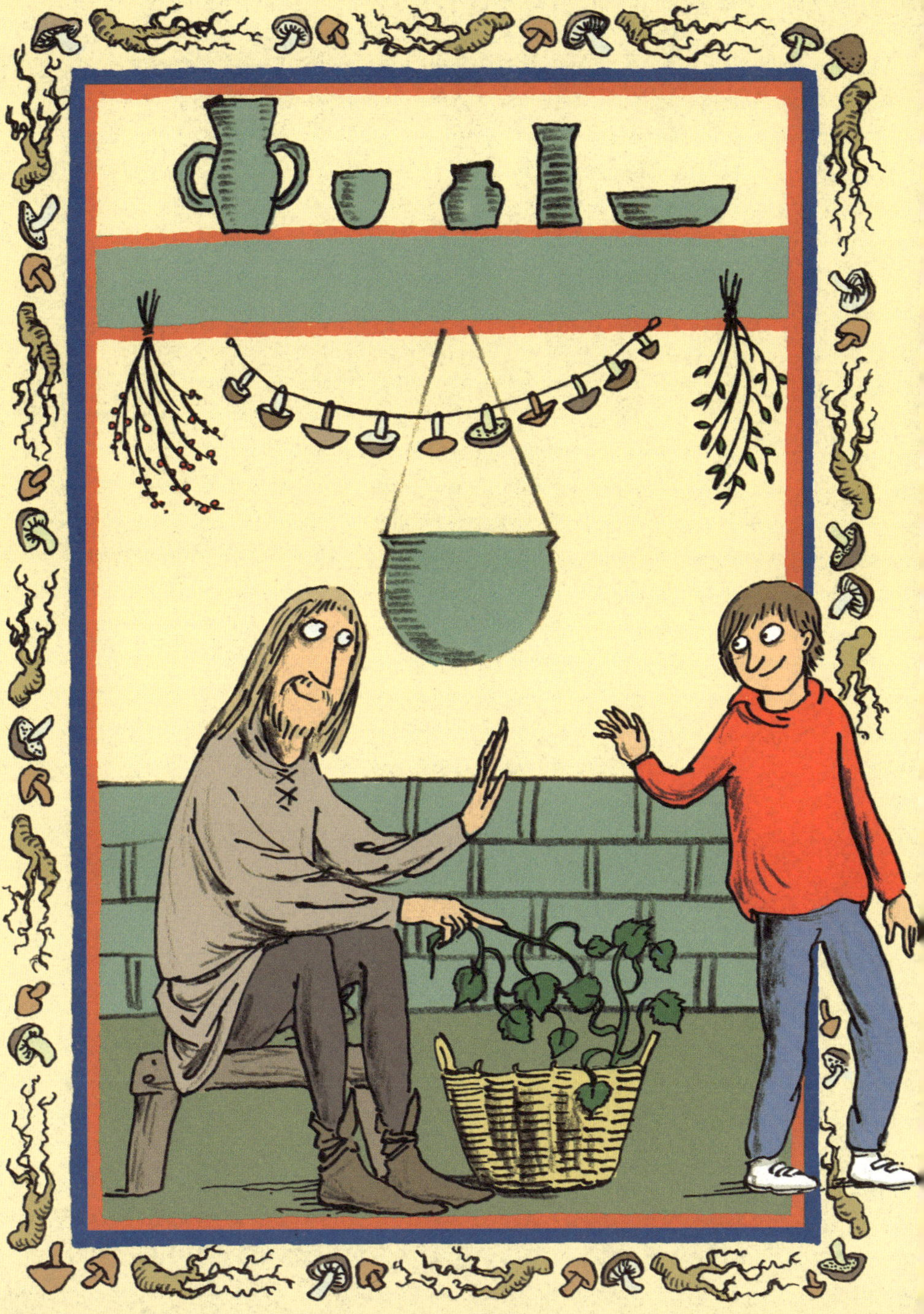

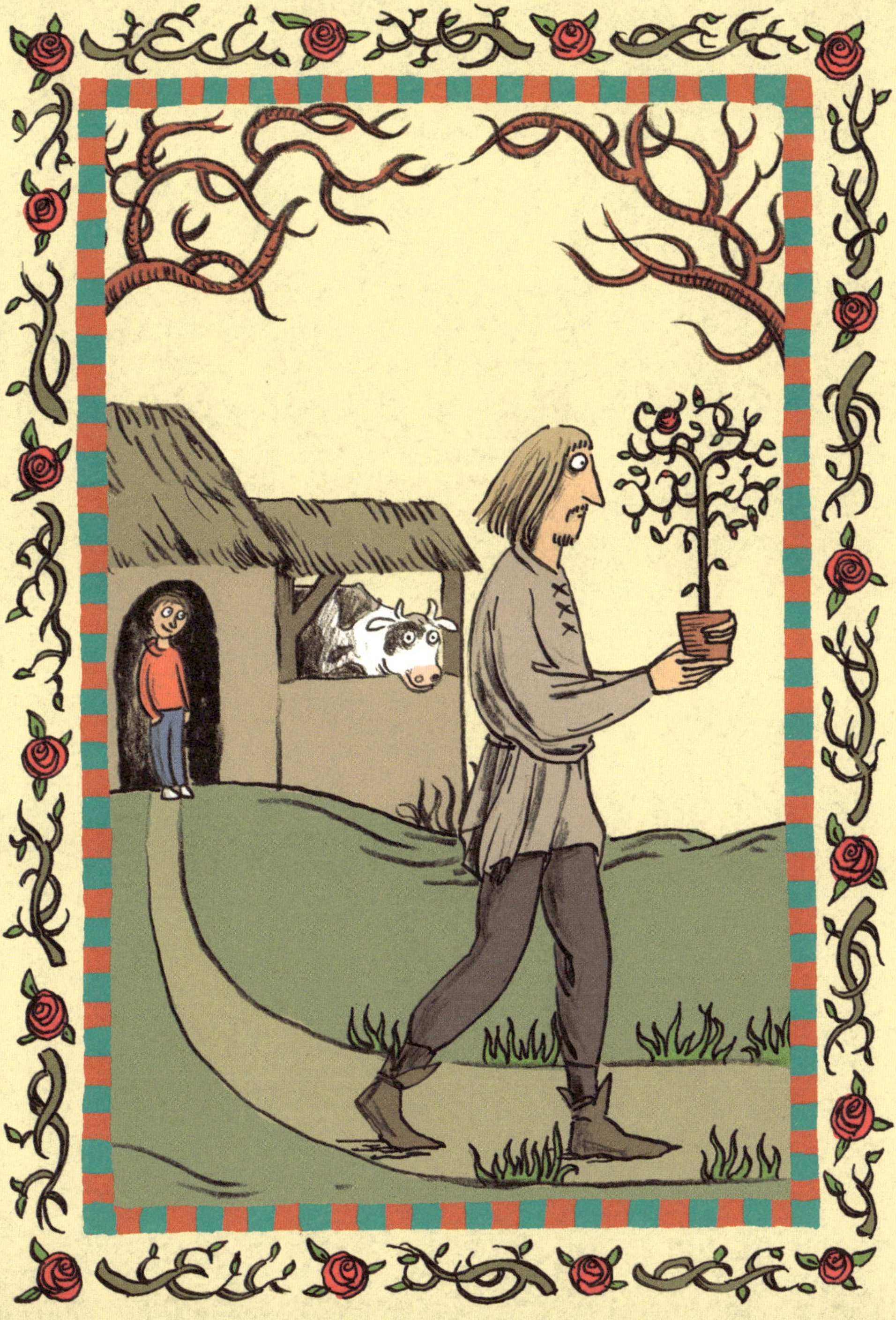

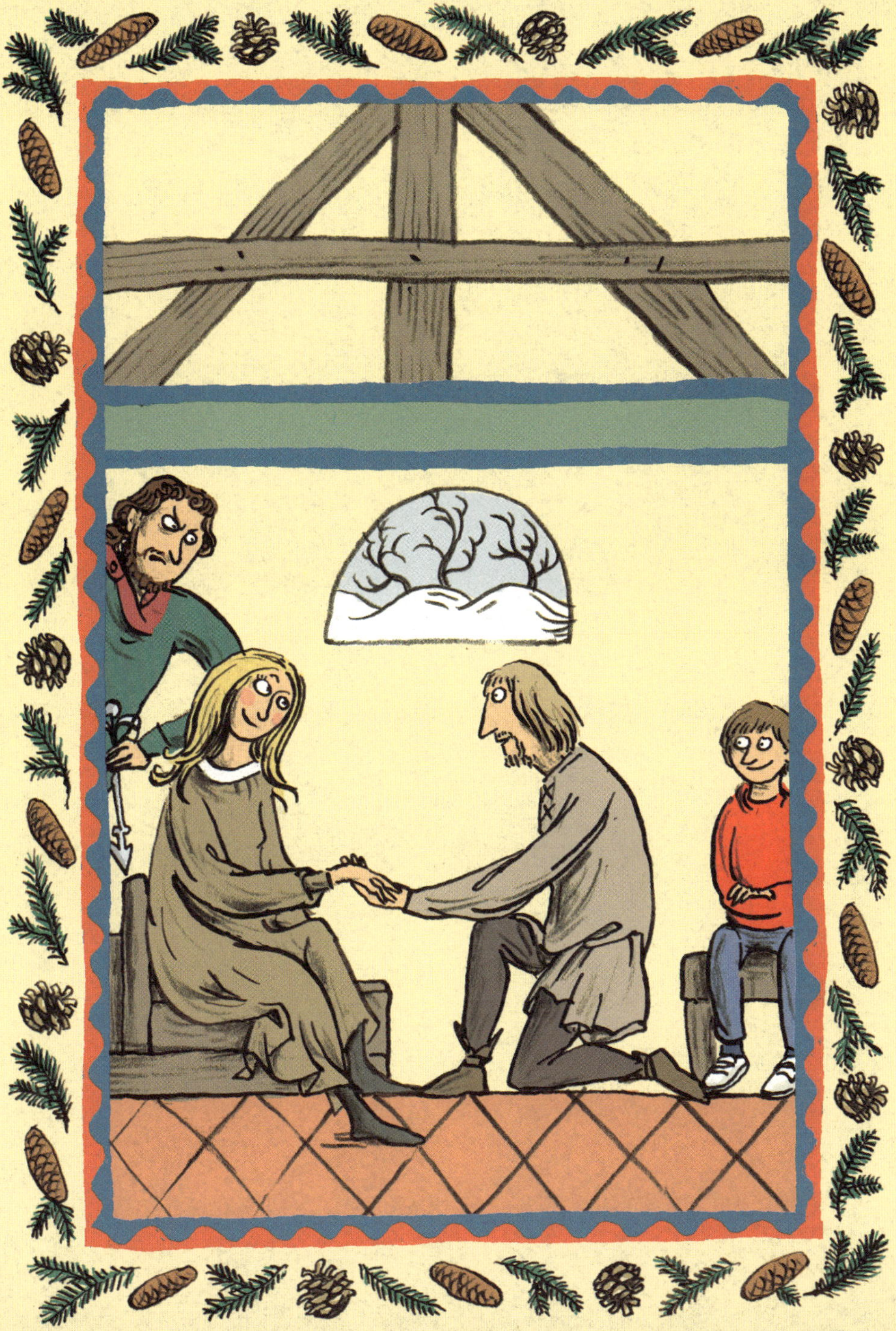

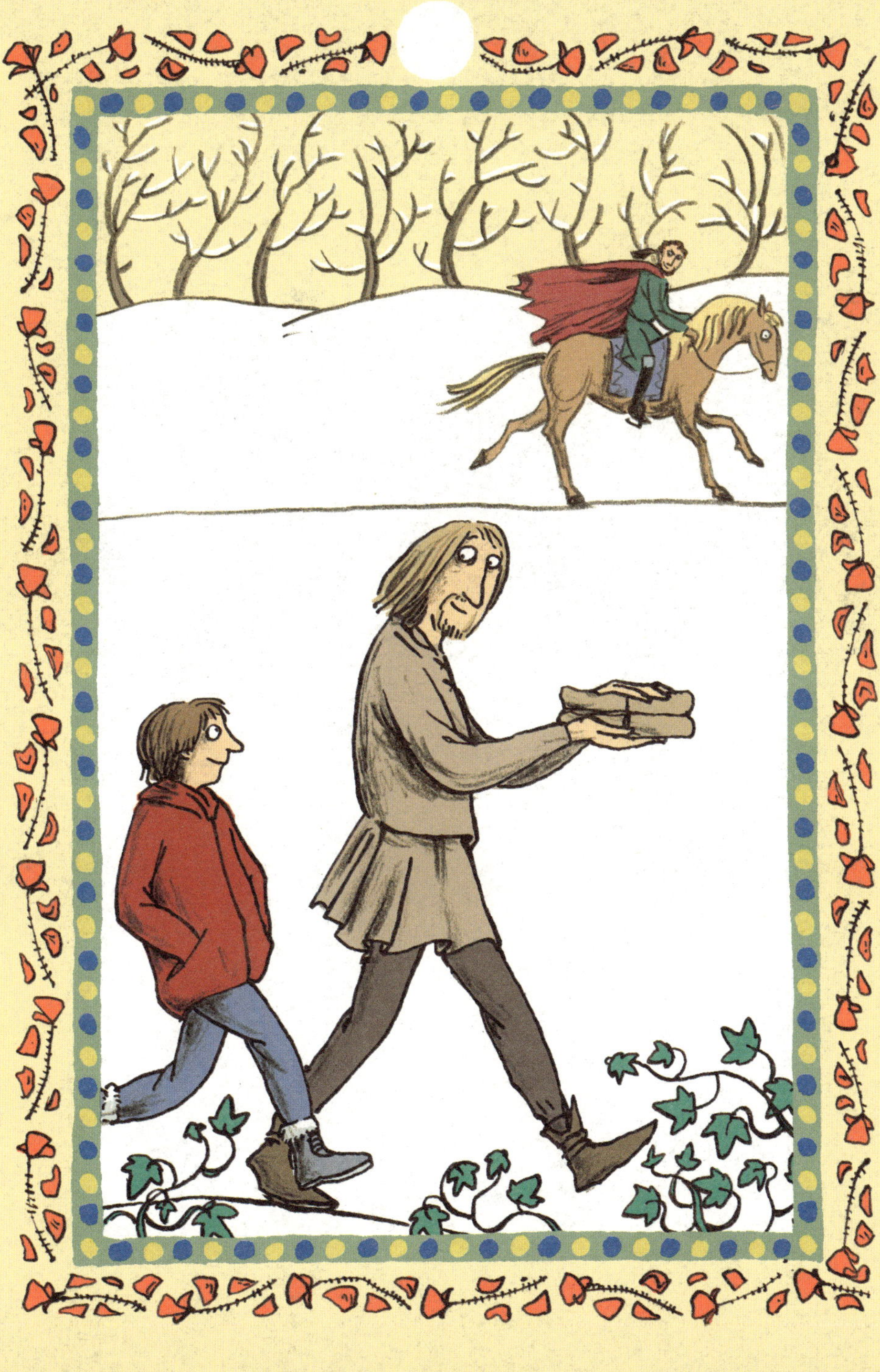

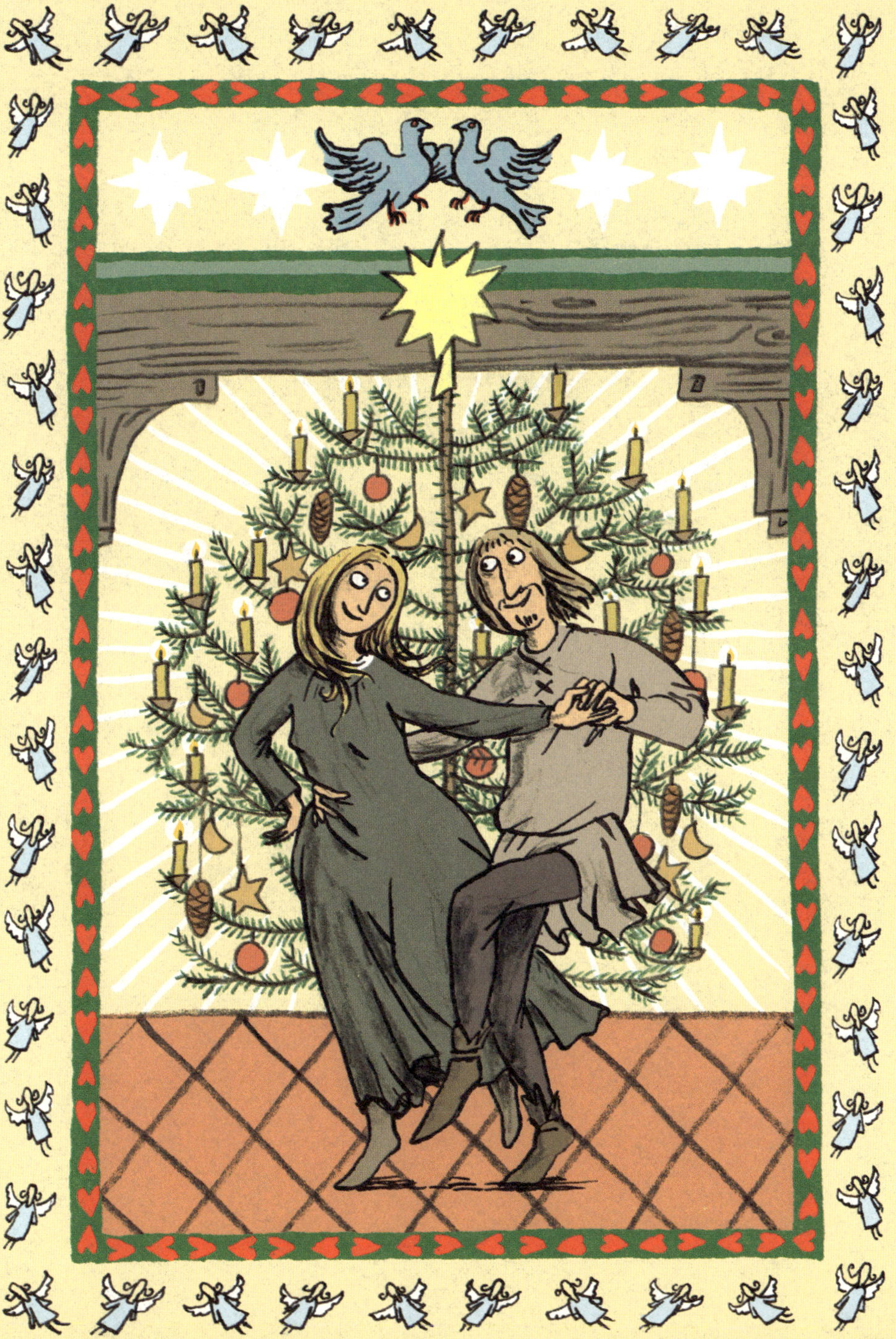

Timur
 und die Erfindungen
  aus lauter Liebe

国际大奖小说

爱的魔法

[德] 玛丽丝·巴德利 / 著
[德] 安珂·库尔 / 绘
王泰智 沈惠珠 / 译

新蕾出版社

图书在版编目 (CIP) 数据

爱的魔法/(德)巴德利著;(德)库尔绘;王泰智,沈惠珠译.
—天津:新蕾出版社,2011.5(2023.3 重印)
(国际大奖小说)
ISBN 978-7-5307-5104-6
Ⅰ.①爱…
Ⅱ.①巴…②库…③王…④沈…
Ⅲ.①儿童文学–中篇小说–德国–现代
Ⅳ.①I516.84
中国版本图书馆 CIP 数据核字(2011)第 063475 号
Original title: Timur und die Erfindungen aus lauter Liebe
Text by Marlies Bardeli
Illustrations by Anke Kuhl
ⓒ 2009, Patmos Verlag GmbH & Co. KG
Sauerländer Verlag, Mannheim
Simplified Chinese translation copyright ⓒ 2011 by New Buds
Publishing House (Tianjin) Limited Company
ALL RIGHTS RESERVED
本书中文简体版权由北京华德星际文化传媒有限公司代理
津图登字:02-2011-18

出版发行:新蕾出版社
http://www.newbuds.com.cn
地　　址:天津市和平区西康路 35 号(300051)
出 版 人:马玉秀
电　　话:总编办(022)23332422
　　　　　发行部(022)23332351　23332679
传　　真:(022)23332422
经　　销:全国新华书店
印　　刷:天津新华印务有限公司
开　　本:880mm×1230mm　1/32
字　　数:71 千字
印　　张:4.25
印　　数:180 001—185 000
版　　次:2011 年 5 月第 1 版　2023 年 3 月第 31 次印刷
定　　价:16.00 元

著作权所有,请勿擅用本书制作各类出版物,违者必究。
如发现印、装质量问题,影响阅读,请与本社发行部联系调换。
地址:天津市和平区西康路 35 号
电话:(022)23332677　邮编:300051

前言

Timur und die Erfindungen aus lauter Liebe

一辈子的书

梅子涵

亲近文学

一个希望优秀的人,是应该亲近文学的。亲近文学的方式当然就是阅读。阅读那些经典和杰作,在故事和语言间得到和世俗不一样的气息,优雅的心情和感觉在这同时也就滋生出来;还有很多的智慧和见解,是你在受教育的课堂上和别的书里难以如此生动和有趣地看见的。慢慢地,慢慢地,这阅读就使你有了格调,有了不平庸的眼睛。其实谁不知道,十有八九你是不可能成为一个文学家的,而是当了电脑工程师、建筑设计师……可是亲近文学怎么就是为了要成为文学家,成为一个写小说的人呢?文学是抚摸所有人的灵魂的,如果真有一种叫作"灵魂"的东西的话。文学是这样的一盏灯,只要你亲近过它,那么不管你是在怎样的境遇里,每天从事怎样的职业和怎样地操持,是设计房子还是打制家具,它都会无声无息地照亮你,使你可能为一个城市、一个家庭的房间又添置了经典,添置了可以供世代的人去欣赏和享受的美,而不是才过了几年,人们已经在说,哎哟,好难看哟!

谁会不想要这样的一盏灯呢?

阅读优秀

文学是很丰富的,各种各样。但是它又的确分成优秀和平庸。我们哪怕可以活上三百岁,有很充裕的时间,还是有理由只阅读优秀的,而拒绝平庸的。所以一代一代年长的人总是劝说年轻的人:"阅读经典!"这是他们的前人告诉他们的,他们也有了深切的体会,所以再来告诉他们的后代。

这是人类的生命关怀。

美国诗人惠特曼有一首诗:《有一个孩子向前走去》。诗里说:

有一个孩子每天向前走去,

他看见最初的东西,他就变成那东西,

那东西就变成了他的一部分……

如果是早开的紫丁香,那么它会变成这个孩子的一

Timur und die Erfindungen aus lauter Liebe

部分；如果是杂乱的野草，那么它也会变成这个孩子的一部分。

我们都想看见一个孩子一步步地走进经典里去，走进优秀。

优秀和经典的书，不是只有那些很久年代以前的才是，只是安徒生，只是托尔斯泰，只是鲁迅；当代也有不少。只不过是我们不知道，所以没有告诉你；你的父母不知道，所以没有告诉你；你的老师可能也不知道，所以也没有告诉你。我们都已经看见了这种"不知道"所造成的阅读的稀少了。我们很焦急，所以我们总是非常热心地对你们说，它们在哪里，是什么书名，在哪儿可以买到。我就好想为你们开一张大书单，可以供你们去寻找、得到。像英国作家斯蒂文生写的那个李利一样，每天快要天黑的时候，他就拿着提灯和梯子走过来，在每一家的门口，把街灯点亮。我们也想当一个点灯的人，让你们在光亮中可以看见，看见那一本本被奇特地写出来的书，夜晚梦见里面的故事，白天的时候也必然想起和流连。一个孩子一天天地向前走去，长大了，很有知识，很有技能，还善良和有诗意，语言斯文……

同样是长大，那会多么不一样！

自己的书

优秀的文学书,也有不同。有很多是写给成年人的,也有专门写给孩子和青少年的。专门为孩子和青少年写文学书,不是从古就有的,而是历史不长。可是已经写出来的足以称得上琳琅和灿烂了。它可以算作是这二三百年来我们的文学里最值得炫耀的事情之一,几乎任何一本统计世纪文学成就的大书里都不会忘记写上这一笔,而且写上一个个具体的灿烂书名。

它们是我们自己的书。合乎年纪,合乎趣味,快活地笑或是严肃地思考,都是立在敬重我们生命的角度,不假冒天真,也不故意深刻。

它们是长大的人一生忘记不了的书,长大以后,他们才知道,原来这样的书,这些书里的故事和美妙,在长大之后读的文学书里再难遇见,可是因为他们读过了,所以没有遗憾。他们会这样劝说:"读一读吧,要不会遗憾的。"

我们不要像安徒生写的那棵小枞树,老急着长大,老以为自己已经长大,不理睬照射它的那么温暖的太阳光和充分的新鲜空气,连飞翔过去的小鸟,和早晨与晚间飘过去的红云也一点儿都不感兴趣,老想着我长大

Timur und die Erfindungen aus lauter Liebe

了,我长大了。

"请你跟我们一道享受你的生活吧!"太阳光说。

"请你在自由中享受你新鲜的青春吧!"空气说。

"请你尽情地阅读属于你的年龄的文学书吧!"梅子涵说。

现在的这些"国际大奖小说"就是这样的书。

它们真是非常好,读完了,放进你自己的书架,你永远也不会抽离的。

很多年后,你当父亲、母亲了,你会对儿子、女儿说:"读一读它们,我的孩子!"

你还会当爷爷、奶奶、外公和外婆,你会对孙辈们说:"读一读它们吧,我都珍藏了一辈子了!"

一辈子的书。

目录

Timur und die Erfindungen aus lauter Liebe

第 一 章　库宾先生的"发明" ………………………… 1

第 二 章　库宾先生继续发明 ………………………… 6

第 三 章　谁爱谁？ ………………………………………… 12

第 四 章　草莓奇药 ……………………………………… 14

第 五 章　一副几乎可以登月的秋千 ……………… 19

第 六 章　夏天来了 ……………………………………… 24

第 七 章　或许阿佳莎真的会魔法 ………………… 30

第 八 章　秋雨绵绵 ……………………………………… 35

第 九 章　阿佳莎想知道真相 ………………………… 40

第 十 章　封·阿克费尔先生坠入爱河 …………… 43

第十一章　看来问题很严重 …………………………… 46

第十二章　铁木儿插手了 ……………………………… 49

目录

Timur und die Erfindungen aus lauter Liebe

第 十 三 章	为克服腼腆进行实际演练	57
第 十 四 章	问题比想象的还要困难	64
第 十 五 章	库宾先生显示自己的勇气	74
第 十 六 章	巨大的痛苦	79
第 十 七 章	铁木儿想做最后的挽救	81
第 十 八 章	寻宝	84
第 十 九 章	姑娘提出了条件	91
第 二 十 章	第一件礼物	99
第二十一章	第二件礼物	108
第二十二章	第三件礼物	114

Timur und die Erfindungen aus lauter Liebe

第一章

库宾先生的"发明"

铁木儿有很多问题,每天都有,妈妈大多都没有答案。因为铁木儿提的问题特怪,妈妈无法回答!

但最近情况发生了变化。具体地说,就是在铁木儿喝下午茶的那个下午。他坐在餐桌前,自己先倒了一杯可可,然后把一块萨拉米香肠放到一片面包上。铁木儿还在面包上撒了一点儿葱末,少许芥末和一些番茄酱,每吃一口就换一种作料……

"祝你胃口好!"正用笤帚扫地的妈妈说。铁木儿呆呆地看着妈妈,从他脸上的表情可以看出,他正在想一个妈妈无法回答的问题。

"其实它很实用。"他张口说。

"什么?"

"笤帚有一个长长的柄,这样你就不用弯腰了。"

"是的……"母亲说,而且立即就知道下面要来什么了。

"从什么时候开始有长柄笤帚的呢?"铁木儿问。

"已经很久了吧。"母亲笑着回答。

"那么,是谁发明的呢?"铁木儿咬了一口面包。妈妈肯定又回答不出来,铁木儿想,并紧张地看着妈妈。

但是铁木儿却猜错了,妈妈立即露出一副神秘的表情,回答说:"可能……没错,可能是库宾先生发明的吧。"

"库宾先生?他是谁呀?"铁木儿想知道,"他为什么要发明这样的笤帚呢?"

"完全是出于爱。"妈妈回答。

"快给我讲讲!"铁木儿喊道,同时又给自己倒了一杯可可。妈妈放下了笤帚,坐到他的身边,开始讲了起来:

"很久以前,那时候,人们还过着简单的生活,还不需要我们这么多的东西。库宾先生住在一栋小房子里,房子坐落在一座小山丘旁,泥巴垒的墙、茅草盖的顶。屋里的地上挖了一口开放式炉灶,灶上悬挂着一口汤锅。

"小山丘的另一边是深深的山谷,那里也有一座小房子,同样是泥巴垒的墙和茅草盖的顶,屋里也有一个可以取暖和烧汤的开放式炉灶。那里住着可爱的姑娘阿佳莎。

"库宾先生深爱着阿佳莎。可是姑娘却不知道,她也根本没有注意到库宾先生的存在。

Timur und die Erfindungen aus lauter Liebe

"越是这样,库宾先生就越是关注着他心中的爱人,因为爱得越深,关注就越深。有一天,他发现阿佳莎在打扫卫生。只见她手中拿着一把茅草,跪在地上,先是清扫泥土地面,最后清扫门前那段摇摇晃晃的楼梯。打扫完了,她站起身来,用手捶打着自己的后背。看得出来,她累得腰酸背痛了。

"站在山丘上的库宾先生看到了这一切,突然产生了发明的灵感。他走进森林,挑选了一根笔直的树枝和一些茅草,带回了家,把树枝打磨光滑,把茅草绑在树枝上。

"等到天黑,他悄悄溜进阿佳莎的房子,把长柄笤帚放在她的门旁,然后又悄悄离开。他的心跳得厉害,所以直到离开一段距离后,才迈开大步翻过山丘回家。"

"他为什么不喊一声'你好',亲自把长柄笤帚交给她呢?"铁木儿问。

"因为他是一个腼腆怕羞的人。"妈妈回答。

"原来是这样。"铁木儿低下头沉思了片刻。"但还是有点儿滑稽。"然后他说。

妈妈继续讲:"阿佳莎是个早起的人,所以第二天太阳刚升起不久,她就发现了那把长柄笤帚。公鸡刚刚报晓,屋檐下燕窝中的雏燕醒来啾啾叫着求食。燕子妈妈叫醒了它的丈夫。'今天轮到你值班觅食了。'它说,随即翻过身去睡回笼觉。

"'这是什么呀?'阿佳莎喊道,小心翼翼地把手伸向长柄笤帚。'看起来,'她对自己说,因为她并不笨,'一把带棍的笤帚、一把有柄的笤帚、一个不仅可以在房子里站着扫地的工具,而且可以一边扫地一边跳舞,是一把跳舞笤帚、一把带棍的舞伴、一个奇妙的玩具!'她立即跑去进行第一次实践。

"库宾先生站在山丘上,从远处观望着她如何在风眼前欢快地跳跃着——当时人们把没有玻璃的窗子称为风眼。他看到她如何欢快地清扫着门前摇晃的楼梯,然后又打扫了花园中的小路。"

"她没有发现有人在山丘上面吗?"铁木儿问。

"没有,"妈妈说,"她只顾玩那把神奇的笤帚了。而且山丘上到处都长着茂密的灌木丛。"

"那么库宾先生呢?他是不是又做了很多长柄笤帚?最后发财了吗?"

"没有。他只做了这一把。其他人看到了阿佳莎的长柄笤帚,觉得很好,就都去仿造。这种笤帚就这样逐渐传播开来,遍布了整个欧洲乃至全世界。但却没有人知道它的发明者是谁。"

"只有你知道?"铁木儿沉思着说。

"只有我。"妈妈说。

Timur und die Erfindungen aus lauter Liebe

"库宾先生真的很幸运。"铁木儿觉得。

后来爸爸下班回来了。"你已经睡了吗?"他轻轻地问。

"还没有。你知道是谁发明了长柄笤帚吗?"

"不,我不知道。你知道吗?"

"只有妈妈和我知道,其他人都不知道。"铁木儿喃喃地说,"但很快你也会知道。它有可能是库宾先生发明的。而且我还知道为什么:完全是出于爱。"

说完他就睡着了。

第二章

库宾先生继续发明

第二天,铁木儿帮助妈妈把洗过的湿衣服塞进烘干机。

"烘干机有可能也是库宾先生发明的吗?"铁木儿问。

"不,"妈妈回答,"烘干机不是他发明的。但是,"妈妈想了一会儿说,"他发明了晾衣绳。"于是她又开始讲了起来:

"阿佳莎有两件衣服,都是用粗麻布缝制的,一件是灰色的,一件是褐色的。其实,两件衣服对她来说也足够了。一件可以穿在身上,另一件她洗好挂在树枝上风干。

"如果风只是轻轻地吹,自然恰到好处。但要是风太大,那挂在树枝上的衣服就有可能被刮下来,阿佳莎就得重洗一遍。

"有一天,风特别大,结果衣服从树枝上被刮起来,在空中飞舞。阿佳莎赶紧跑过去,想抓住衣服,不让它掉到旁边的泥坑里。

Timur und die Erfindungen aus lauter Liebe

"可是太晚了。她真是倒霉，只好拿着衣服到河边重洗。当时的人们都是在河水里洗衣服的。

"库宾先生看到了他心爱的姑娘追逐衣服的情景，于是他的发明灵感又产生了。他去了森林，找到两棵一人多高的小树干，然后把一端削尖。他还用海带做了一根长长的绳子，并把很多小木片从中间劈开，做成了衣夹，就像是一只只麻雀。

"多亏夜里是个雷雨天气，这样他就可以把晾衣绳安装在阿佳莎的门前，而不让阿佳莎察觉——我在前面说过，他是个腼腆怕羞的人，不想让人家看见他。所以他就和着第一声雷响把小树干钉入地下。由于还不够稳固，他就等待下一次雷声，再一次用力把树干钉牢。第一棵树干牢牢立在地上之后，他再在第三和第四次雷响时，把第二棵树干夯实。

"雷雨终于过去，而且库宾也不再需要它帮忙了。他现在必须把海带绳拉直绑在两棵树干之间，再把阿佳莎挂在树枝上的衣服取下来，搭在晾衣绳上，轻轻把两只衣夹夹在衣服上面。其他的衣夹都夹在旁边，看起来就像是一排麻雀落在电线上。他得意地欣赏着自己的作品，然后离开这里，翻过山丘，迈着轻盈的步伐回家了。"

"他这么兴奋，还能够睡觉吗？"铁木儿问。

"几乎无法入睡。"妈妈回答，又继续讲下去——

"很快,公鸡又报晓了,东方的天空染上了浅蓝和浅粉的颜色。屋檐下燕窝中的雏燕醒了,啾啾地叫着寻求食物。'这回该轮到你去觅食了。'燕子爸爸对它的妻子说,然后用翅膀盖住眼睛,接着睡回笼觉。

"阿佳莎从床上跳下来,穿好衣服,拿起小桶,到屋外去挤羊奶。"

"羊在哪儿?"

"就在房子旁边的羊圈里。阿佳莎看到她的衣服挂在晾衣绳上随风飘动着,她一下子愣住了。

"'一条晾衣绳!'她喊道,'一条衣物风干绳!一个戏风绳!它是从哪儿来的呢?'

"她忘记了羊和早餐羊奶,把小桶放到了地上,立即跑回家去,把所有该洗的衣物都拿了出来:一条毛巾、两条内裤、一床被单和一件衬衣。她又去河边洗这些衣物,然后跑回来,全部搭在晾衣绳上。"

"这回呢?"铁木儿紧张地问,"这回她知道是库宾先生干的吗?"

"不,还是不知道,"妈妈回答,"阿佳莎搬来一把椅子,坐在晾衣绳前,观看着衣物在风中飘荡,水滴从衣物上滴在下面的草地上,她就像是在观看一部动人的影片。库宾先生在山坡上观察着姑娘,看到了她那欢快的面孔。这对他已经足够了。"

Timur und die Erfindungen aus lauter Liebe

"我不信。"

"你不信什么?"

"这样对他就足够了?他是这样地爱她呀!要是他再勇敢一点儿就好了!"

后来,他给爸爸讲了库宾先生的新发明。

"你想想,就是在雷声响起的同时,他敲打那两棵树桩,为了不让阿佳莎察觉。"

"他很机灵,"爸爸说,"他这次把他的发明卖出去,发了大财吗?"

"妈妈,他发财了吗?"铁木儿把头转向后面问,妈妈正坐在灯下看书。

"没有,"妈妈回答,"还是没有。但他自己也安装了晾衣绳。后来人们在他那里和阿佳莎那里看到,纷纷模仿。不知到了什么时候,就没有人再知道是谁发明的了。"

"只有你知道。"铁木儿说。

"只有我,"妈妈说,"现在还有你。"

"别忘了还有我,"爸爸说,"现在,库宾先生已经有三个崇拜者了。总还不错吧!"

"是的,不错。"铁木儿也是这个想法。

"另外……"爸爸说,但又停了下来。

国际大奖小说

"什么?"妈妈问。

"啊,没什么。"爸爸嘟囔着说,但他的表情恰恰相反。

"快说吧!"铁木儿催促着。

爸爸往后靠了靠,把手伸进裤兜,掏出了一张折叠的纸条。

"那是什么?"妈妈好奇地问。

"一首诗。"爸爸尽可能无所谓地说,"是我在办公室里突然想到的。"

"给我们念念!"铁木儿喊道。

爸爸展开纸条,摆出一个姿势朗诵了起来:

一天开始了

公鸡早已苏醒报晓,
屋檐下燕子唧唧叫。
圈中山羊咩咩呼喊,
阳光灿烂空气真好。
乌鸫鸟唱起了晨曲,
阿佳莎伸展着懒腰。

"真棒!"铁木儿大声喊道。

Timur und die Erfindungen aus lauter Liebe

"是啊,的确!"妈妈有些吃惊,"你怎么突然写起诗来了?你可从来没有写过呀!"

"是啊。"爸爸说。

第三章

谁爱谁？

库宾先生热恋阿佳莎。但阿佳莎却不爱库宾先生，而且她根本就不认识他。她心中爱的是邻村的年轻庄园主爱德华·封·阿克费尔。他有时骑马从这里经过，十分英俊潇洒。

但是，这位庄园主却不爱阿佳莎。他怎么会爱她呢，他从来就没有留意过她。他更爱住在三个村庄以外海边的美女玛达莱妮。

但是，美女玛达莱妮却不爱这位庄园主。她所心仪的是金发少年弗里德里希，爱得不顾一切。

可是，弗里德里希却不爱玛达莱妮。尽管美女梳着高高的发髻不断乘着马车从他面前驶过，但他却连看都不看她一眼。

每个人都想为所爱的人做些什么。每当听到马蹄声临近，阿佳莎都要从房子里跑出来，希望来的是爱德华·封·阿克费尔。她抚平自己的衣服，整理好自己的秀发等

Timur und die Erfindungen aus lauter Liebe

待着。如果真是高贵的封·阿克费尔先生来了，她就会迟疑地伸出手向他打招呼。但他却不会留意她，因为他的心早已飞向美女玛达莱妮。

他常常在美女身边驶过，有时给她带来一束鲜花，或一只野兔或几只山鸡。但玛达莱妮所心仪的是金发少年弗里德里希。她每天都在打扮自己，把头发挽得高高的，套上马车，在附近转悠，寻找恋人的踪迹。举行舞会时，她总是邀请他来参加，但他从来都不出席……

第四章

草莓奇药

库宾先生常常挂念阿佳莎,甚至可以猜出她的心思。他可以从远处感知她的心声,从她走路的样子看出她的情绪是疲惫不堪还是精力充沛,是快乐还是悲伤,是兴奋还是沮丧,是欢欣还是烦闷。如果她情绪不好,他就会思考如何让她振作起来。

"有一天,"妈妈说,"阿佳莎起得比平时晚。这不是一个好兆头。"

"或许她就是想多睡一会儿呢!"铁木儿认为。

"其他人也许会是这样,但阿佳莎不是。"妈妈回答,"她对生活是如此热爱,永远是很早就起来。但是这一天,鸡已叫了三遍,太阳早已升起,燕子父母早已在房子周围训练雏燕飞翔。'阿佳莎在哪里呢?'库宾先生忧心忡忡。终于,比平时晚了两个小时以后,她才从房里迈着沉重的步子走了出来。她没有提小奶桶,也没有兴致去挤羊奶。那个小篮子她也没有拿在手上。"

Timur und die Erfindungen aus lauter Liebe

"她拿篮子做什么？"

"去取鸡蛋。她养了几只鸡。"

"或许她生病了吧？"铁木儿猜测。

"库宾先生也在为这个担心。'我能为她做什么呢？'他思考了片刻，突然有了主意。他找来一只篮子，跑进森林，去寻找野生草莓。"

"比我们的草莓更好吗？"铁木儿问。

"根本没法比，"妈妈陶醉地说，"它们小一些，但味道更浓郁，而且蕴藏着大自然的力量。"

"那么，库宾先生找到了吗？"

"开始时没有找到。他钻进树丛，爬过沼泽，在桦树和榉树下寻找，终于在一片开阔地上发现了一处草莓生长的地方，虽然果实较小，但总算是找到了。他努力摘下所有的草莓，一直摘到晚上，自己却没有吃一颗。然后，草莓终于装满了半个篮子。"

"才半篮子？"

"是的，而且篮子也并不很大。太阳已经落山了，猫头鹰展开翅膀开始夜游，如果库宾先生不想迷路的话，那他就得赶快回家了。"

"那时的森林和我们现在的森林不一样吗？"

"那时的森林在夜里更恐怖，但白天更浓绿茂密，没有道路，植被更茂密！里面生活着很多鸟类，但更多的是刺猬、老鼠和昆虫,还有很多马鹿、兔子和狍子,甚至还有熊和狼!"

铁木儿惊奇不已。

"但在这个晚上,库宾先生还算幸运,没有遇到危险的动物。"妈妈继续讲下去,"在黑暗中,他悄悄走近阿佳莎的房子,把篮子放在了门口。"

"真是胆小鬼。"铁木儿嘟囔说。

"然后他回家休息,这一夜他睡得很长也很死。"妈妈继续讲,"辛苦了一天,他确实累坏了。"

"阿佳莎情况怎么样了?"铁木儿问。

"她发烧了,而且还头痛得厉害。"

"真可怜!那么第二天早上呢?"

"她根本就不想起床。但她听到羊在咩咩叫,鸡在咯咯鸣,所以还是起了身,勉强下了床。她用手整理了一下头发,穿上衣服,走向房门。在门外她看见了什么呢?"

"这你是知道的。当然是装有野生草莓的篮子。"

"那她会说什么呢?"

"这些草莓是从哪里来的呢?难道是魔法在起作用?"

"正是,她就是这么说的。然后她坐在桌旁,吃着那些草莓。它们的气味芳香,味道甜美!她每吃一颗草莓,身体就好一些。每颗草莓都会使她的热度下降。当她把草莓差不多快吃完时,她再次躺到床上,又好好儿睡了一

Timur und die Erfindungen aus lauter Liebe

觉。到了下午起床时,她就已经感觉好多了。"

"那么,库宾先生呢?"

"他在山坡上看到了她,终于放心了。"

"那阿佳莎看见他了吗?"

"没有。她听到远方传来了马蹄声,而且越来越近。她赶紧把衣服抚平,整理好秀发,心早已飞向那位庄园主了。"

"真没劲!"铁木儿嘟囔着,很生气的样子。

"爸爸,"后来他问,"妈妈生病的时候,你到森林去给她采过草莓吗?"

"没有,"爸爸承认,"我最多去药店,或者给她盖上被子。"

"也算可以了。"铁木儿觉得。

"但是今天我有时间去森林,而且去一个相当荒芜的森林,我马上就回来!"爸爸说完就消失了。铁木儿和妈妈好奇地看着他的背影。

一个小时以后,他又回来了,把一篮子草莓放到了桌子上。"这是给你们的!"爸爸骄傲地说,"它们来自周末的集市。但这还不够:这里还有一杯奶油!当时库宾先生可没有给阿佳莎这种享受。我无论如何总得超过他才行!"

国际大奖小说

"谢谢爸爸!"铁木儿喊道。

"我有一个多好的丈夫啊!"妈妈说着,给了爸爸一个吻。

然后他们把草莓洗干净,上面浇上奶油。味道真是好极了。他们把草莓全部吃光,一颗都没剩下,甚至没留下一滴奶油。最后剩下的,只有三只空盘子。

Timur und die Erfindungen aus lauter Liebe

第五章

一副几乎可以登月的秋千

阿佳莎已经痊愈了。她用羊奶、面粉和鸡蛋烤制了一块糕饼,用长柄笤帚扫了地,跑到河边洗了脏衣服,晾在晾衣绳上,坐在旁边欣赏着衣服在风中飘舞。然后她拿出剩余的野生草莓,跑向山脚下她最爱的一棵树前,坐在一根低矮的粗树枝上。她一边吃着草莓,一边前后摇荡着她的双腿。'假如我能像松鼠那样灵巧该多好,'她想,'那样我就可以在高高的树枝上跳舞了。假如我像一只鸟那样,我就可以坐到云彩上,随着它飘荡飞翔,最好在那片最白最厚的云彩上,我最喜欢白云了。'

"云彩像雾一样薄,阿佳莎会像一个面口袋一样从上面掉下来的。"铁木儿说。

"你知道,"妈妈说,"但阿佳莎却不知道。对她来说,云彩就像是嫩绿的草地和柔软的床铺。她从未乘过飞机,也从未登上过云雾缭绕的高山,因为她住在海岸附近,那里的土地相当平坦。"

"除了几座小山丘。"铁木儿说。

"是的,除了几座小山丘。而其中的一座山丘上就站立着库宾先生,他看见阿佳莎在摇晃双腿,于是开始思考,如何才能给她一个惊喜。"妈妈停顿了一下。

"他看到姑娘仰望天上的云彩,因为他有时可以猜中姑娘的心思,所以立即就知道了姑娘的愿望,知道了什么可以让姑娘高兴。"铁木儿想象着,"他找了一块木板,不太宽也不太窄。然后他编织了两条绳索,用茅草或是海带,具体是什么我不知道。他取来一把锯,把木板两端锯下一块,好让它能够牢牢地固定在绳索上,于是一副秋千就制造了出来。"

"情况正是这样。"妈妈说。

"到了晚上,阿佳莎睡着的时候,"铁木儿继续说,"月亮升起了,库宾先生在月光下可以看见周围的景象。他悄悄来到山脚下的大树旁,爬上树把绳索绑在一根粗壮的树枝上,然后再爬下来。秋千悬挂得正合适。库宾先生坐上先试试。他越荡越高,几乎可以够着月亮。然后他就回家了,躺在床上。但他无法入睡,因为他老是在想,阿佳莎看到秋千会说什么。午夜刚过,他再次起来,跑下山丘,在秋千板上放了一盒精装巧克力——我在说什么啊?他怎么会有巧克力呢?最好还是一朵鲜花吧——然后,他终于睡着了。好了,现在该你继续讲了。"

Timur und die Erfindungen aus lauter Liebe

"公鸡叫了,阿佳莎起床了。"妈妈继续讲下去,"太阳把东方的天空染成金黄色,小雏燕也醒了,它们叫醒父母,带它们去飞翔。'今天该你去教它们了,昨天是我值班。'燕子爸爸说,然后展开翅膀盖住自己的嘴,睡回笼觉。'怎么又是我!'燕子妈妈叹了一口气,但它其实很愿意做这件事。母鸡们咕咕叫着,它们为自己下的蛋感到骄傲,羊咩咩吼着,它们的乳房已经充满乳汁。

"阿佳莎穿好衣服,打开房门。她的树上挂着什么呀?她还从来没有见过这样的东西,但她立即就知道了它的用处,因为她并不笨:那是一个飞椅,一个可以摸天的玩物,一个抗拒地心引力的工具!她跑了过去,发现了那朵花,把它插在头上。然后,她小心翼翼地摸了摸秋千的木板,坐到上面,开始荡了起来。她感到很幸福。

"她在秋千上荡了整整一天,除了中间短暂休息,照顾她的鸡和羊,还有就是吃饭。她一直荡到晚上,太阳都下山了,还是不愿意下来。她继续荡着,一直到月亮挂在天边,她使劲往高处荡去,她的脚几乎要蹬到月亮上去了。而库宾先生呢,他站在山丘之上,看着她,心里格外欣喜。"

"他这次用这个发明做生意了吗?"铁木儿问,"唉,妈妈,你根本就不用回答,肯定又是没有!"

"是的,还是没有。"妈妈说,"人们看到了阿佳莎的秋千,他们也为自己的孩子们仿制。不知到了什么时候,全世界都有了秋千,但没有人知道是谁发明了它,当然除了我们俩。"

"又是我们俩。"铁木儿说。

爸爸下班以后,他们给他讲了这个新故事。他在赞叹了库宾先生的创造力后说:"另外……"

"什么另外?"妈妈问。

"啊,没什么。"爸爸嘟囔着说。

"你是不是又写了一首诗啊?"铁木儿问。

"是的,我又写了一首,"爸爸说,"是我在办公室里感到无聊时写的。"

"给我们念念吧!"铁木儿和妈妈一齐喊道。

爸爸从裤兜里掏出一张纸条,摆好了姿势。

"这次我把自己变成了阿佳莎。我的诗,就好比是她在说话。"他说,"你们可以从旧的语言格式中看出。请听——"

阿佳莎的晨歌

一轮红日起,
大地遍晨辉。

Timur und die Erfindungen aus lauter Liebe

> 心旷亦神怡,
> 飘然如鸟飞。
> 陋室无阴郁,
> 田园尽芳菲。
> 绿茵沾水露,
> 万花锦绣堆。

"你写得比上次还要好!"妈妈说。

"是的,真是这样!"铁木儿喊道。

"啊,这算不了什么!"爸爸谦虚地摆摆手,然后把头扭向旁边,好不让人看见他是如何的自豪。

第六章

夏天来了

"雏燕已经可以自由飞翔了,并从燕子父母那里学会了捕捉蚊虫的本领。夏天的太阳格外明亮,到了晚上似乎还不想下山,到处飘荡着花草的芳香。这个季节,库宾先生经常前往田野和森林。他喜欢观察林中的飞鸟,每遇到一只叫声非常好听的鸟,他总会放轻脚步,小心翼翼地接近。到了晚上,夜莺引吭高歌时,他几乎是在地上爬行,不发出一点儿声音,或者干脆坐到草地上,聆听那美妙的歌声。

"有很长一段时间,他没有为阿佳莎做什么特殊的事。她已经对他很好奇,而他却仍然那么腼腆害羞,不想被她发现。'最好不要现在,最好再等一等!'他就是这样想的,'因为她也有可能拒绝我。'

"可是,突然有一天他又有所动作了。那是由于库宾先生在林中散步时,发现一片蓝莓树丛。上面结着又大又美的果实,他采了满满一篮子,到了晚上又放到了阿

Timur und die Erfindungen aus lauter Liebe

佳莎的门前。

"当她第二天早上发现的时候,她在房子左右前后跑了一圈,但谁也没有看到。'我会找到他的。'她说。然后她用羊奶做了一顿美味的蓝莓早餐。当她喝第一口的时候,面孔突然变了形。蓝莓太酸了。'现在要是有一点儿糖就好了。'她对自己说,'但是,人是不能什么都有的。'

"库宾先生似乎听到了阿佳莎的话,他或许真能够解读姑娘的心声——当然完全是出于爱。于是,他再次进入森林。有一次散步时,他曾在那里发现过熊走过的印迹。他仔细寻找,最后终于找到,于是小心地跟踪这个印迹,看着熊如何走出洞穴,如何站起身来,用两条后腿伸着懒腰,然后又四脚着地,走向附近的小溪,在那里饮了水,又进入河水中抓了几条鱼做早餐,因为它的肚子已经咕咕作响了。

"库宾先生很快进入了熊洞。里面很黑,他也没有可以照明的灯火。他只好摸索着洞壁,寻找着熊的蜂蜜储备。"

"啊,原来是这样!"铁木儿叫道,"我一直在想,他到熊洞去干什么!"

"是的,"妈妈继续往下讲,"库宾先生在洞中找到几只蜂巢,拿起来,又很快离开了洞穴。"

"那熊在哪里呢?"

"一直在洗澡。"

"这个库宾先生真的很勇敢,"铁木儿说,"换了我,可不敢进去。"

"我也不敢,"妈妈说,"但爱能够让人长出翅膀。"

"时间已经到了晚上。但这次他不能在夜晚把蜂巢放在阿佳莎的门口,因为那样会招来大批蚂蚁、昆虫甚至老鼠,他得一直等到第二天早上。在太阳刚刚升起的时候,他把最好的蜂巢放在一张大黄的叶子上,摆放在阿佳莎的门前。阿佳莎当时还在沉睡,因为她前一天拔了一整天牧草。

"太阳升起以后,她又拿起篮子去捡鸡蛋。她打开房门。

"'奇怪,'她想,'我昨天不是曾希望要吃些甜的吗?但我并没有说出口,只是在脑子里想了一下呀!奇怪,真是奇怪。'

"她又在房前房后房左房右看了一圈,还是谁也没有看到。然后她蘸着羊奶和蜂蜜吃蓝莓,吃了满满一大盘子,她真的不笨。

"樱桃熟了的时候,阿佳莎摘了一些樱桃,穿在一起,挂在耳朵上当作首饰。库宾先生当然又看到了,并且牢牢记在心里,当野蔷薇果泛红的时候,他挑选了最美的果实,穿在一根线绳上,做成了一条项链。

"阿佳莎看到了项链,但还是找不到送礼物的人。她把项链挂在脖子上,跑到了河边。在河水平静得像一面镜子的地方,她跪在地上,望着水中的自己,觉得非常美丽。一条小鳟鱼在她的身影旁跃出水面,又跳入水中。一片杨树叶落下,盖在水中身影的头发上。但只是一瞬间,又随波流向远方。

"是谁给了她这么多欢乐呢?肯定不是村子里的人,因为她无法想象出是谁。而库宾先生她连一分钟都没有想过。

"'如果要是爱德华·封·阿克费尔该多好!'她幻想着。"

"千万不要!"铁木儿喊道,"可我们为什么要激动呢,妈妈?这根本就不可能。他怎么会做这些事呢?他根本就不认识阿佳莎呀!"

"不,这期间情况发生了变化。"妈妈说,"因为自从阿佳莎得到库宾先生照顾以来,她越来越漂亮了。"

"怎么会这样呢?"铁木儿问。

"快乐使人美丽。"妈妈回答,"阿佳莎的眼睛放出了光芒,她变得亭亭玉立,因为她感到了自己的价值,因为她知道有人欣赏她。她走路时甚至跳起舞来。如果听到了马蹄声,她会一如既往地整理好自己的秀发,跑到屋外去。她踮起脚尖招手。那位从来不注意她的庄园主,突

然发现了这个美丽的姑娘。"

"对库宾先生来说,这是一个危险的信号。"铁木儿说。

"野蔷薇项链不再好看了,因为野蔷薇的寿命太短。于是库宾先生去找橡子,为阿佳莎制作新的项链。还有一次,他为姑娘编织了一顶鲜花头冠。她戴着花冠先去河边欣赏自己的美丽,然后才提着篮子去采野燕麦。

"'野燕麦,'看见她在田野走动的库宾先生想,'这很不合算啊!'因为他知道姑娘想用野燕麦磨制面粉。一大把野燕麦只能磨出一小勺面粉。于是库宾先生从储藏室里拿出荞麦面,装在一个大盆中,跑向阿佳莎的房子,在阿佳莎回来之前,放到了她的门前,然后再跑回家。

"阿佳莎不敢相信自己的眼睛。她向四处巡视一番,仍然没有发现有人在附近。

"这种事情经常发生:只要她期待或需要点儿什么,不久就会在门前变成现实。就好像有人能够读透她的心思似的。

"是谁呢?或许真的是爱德华·封·阿克费尔?那该有多好啊!

"或者……如果是其他人呢?也许是她本人有什么特异功能吧?

"她不敢继续想下去,但这种可能性也不能排除,她或许真的会……魔法?"

"她肯定会魔法!"爸爸听了这个故事以后喊道,"所有的女人都会魔法,只是门类不同而已。"

"妈妈也会吗?"铁木儿疑虑地问。

"妈妈尤其会。"爸爸说。

"我才不信呢,"铁木儿说,"她到底施过什么魔法呀?"

"是她用魔法把我给迷住了。"爸爸回答。

"啊,这不算。"铁木儿说。

"这当然算!"爸爸说,"同样,阿佳莎也迷住了库宾先生,他就是在魔法的作用下才产生创造灵感的,不是这样吗?"

"唉,爸爸,你把一切都搅乱了……"

第七章

或许阿佳莎真的会魔法

阿佳莎锁上了房门。她想尝试施展魔法,但又不想让人看见。

"为什么呢?"铁木儿问。

"那是一个特殊的年代,"妈妈说,"男性魔法师一般都在宫廷里任职。他们被称为炼金术士,任务是制造黄金。而女性魔法师则被当成女巫,会被判刑,用车轮碾死或被烧死。而阿佳莎不想有这样的遭遇。"

"我完全可以理解。"铁木儿说,"太卑鄙了!为什么男人可以干,而女人则不允许呢?"

"能不能提点儿简单的问题呀?!"妈妈说。然后她继续讲下去——

"'我或许真是个魔法师。'阿佳莎激动地想,'或者是个女巫?真够刺激的!或许我更神圣一些,比如说是仙女什么的。谁知道呢!'

"她思考着应该变点儿什么出来。

Timur und die Erfindungen aus lauter Liebe

"一件她喜欢的闪亮的红衣裙?

"她站了起来,举起双臂,口中说:'我为自己变出一件红衣裙。它应该从风眼中飞进来。'

"她紧张地等待着,但什么都没有发生。

"或许施展魔法应该再多使点儿力气吧。

"她再次尝试,身体绷得更紧一些,跳到房间的中央,举起双臂,高声喊道:'我要为自己变出一件红衣裙,快快应验,像闪电一般!'

"她又等了一会儿。仍然什么都没有发生。

"'当然了!还缺少魔力动作呢!'

"阿佳莎站好姿势,用手在空中画一个圆圈,然后双臂在上面画一个弧形。

"她等待着,但仍然什么都没有发生。

"'哦,对了,还得念咒语才行!'阿佳莎想。

> 天灵地灵乌鸦蛋,
> 红色衣裙快出现!

"但是,还是什么都没有发生。

"魔法可能不是这样施展的,或许应该使用毒蘑菇,或者癞蛤蟆腿,或者沼泽污泥或者什么其他东西做引子。

"也许得在满月的时候才能生效?

"阿佳莎很幸运,天上的月亮已经快要圆了,再过三天就是满月之日了。

"她像在梦幻中干着活儿,一直在想着合适的咒语,收集着带花点或条纹的石头以及老鹰、猎隼或猫头鹰的羽毛。到了满月那天,她走到外面,用石头和羽毛在地上摆了一个圆圈,自己站在中央,正在满月的下面,举起双臂,用庄严的声音说:'我希望我的乱发梳成发辫。'

"但是,没有任何作用。阿佳莎很是失望。或许只能在新月时应验?但那还有两周时间呢。她穿过田野来到森林边,继续演练,旋转自己的身体,直到头晕目眩,然后转动着眼珠喊道:

   魔法魔法快应验,
   杨树枝叶看得见。
   天上星座当见证:
   野猪火腿快出现!

"但还是什么都没有出现,尽管愿望并不伟大,咒语也挺酷的。

"可以肯定,就是因为现在不是新月。或者是在咒语中说错了树木的名字?

Timur und die Erfindungen aus lauter Liebe

"所以,她离开了杨树,来到橡树下,举起双臂喊道:

快应验呀快应验,

金黄马车四轮转,

骏马一匹配银鞯,

立刻送到我眼前!

"还是毫无动静。阿佳莎几乎没了耐心。但她突然想到:或许魔咒根本不需要押韵。'大黄、西红柿、韭菜。'她喊道,'西芹、白菜、香菜以及……酸黄瓜!'

"她突然听到了马蹄声。的确,一辆马车正在向她驶来,虽然不是金黄而是褐色,但这并不重要。

"阿佳莎兴奋得双脚跳了起来。生效了!魔法应验了!马车真的来了!

"她的心狂跳着。她把头发捋顺,站直身体,以便更优雅地迎接马车的到来。马车越来越近了。然后呢?

"马车从她身边驶过,上面已经坐着一个人了,是美女玛达莱妮。她今天把秀发梳得特别高,她赶着马车穿过田野,在寻找她的金发少年弗里德里希,准备邀请他去参加一个舞会。

"阿佳莎非常失望。但她自我安慰说,毕竟还是来了一辆马车。或许是咒语不太对头。或许她还应该列举更多的蔬菜名称。或许她不该在橡树下,而应该在榉树下施展魔法,可别人不都说:橡必像,榉不举吗?或许真的是因为月亮。或许在新月时马车就会向她直接驶来,然后车夫跳下车,规矩地立正,很有礼貌地鞠躬说:'高贵的夫人,请上车吧,不要绊着,我来帮助您!'他会彬彬有礼地伸出手来搀扶她。是的,是的,准是这样!"

"你看,爸爸,"铁木儿说,"阿佳莎不会魔法。"
"谁知道还会发生什么事情呢?"爸爸说着敲开了一颗核桃。

第八章

秋雨绵绵

"一件红色衣裙、一头漂亮发辫、一辆金黄马车和一条野猪火腿?如果都能够得到,那当然是件好事,但其实都是些多余的东西。

"'我应该要求些像样的东西。'阿佳莎有了新的主意,'要一些我真正需要的东西,或许这些事才真正需要施展魔法。'或许屋顶上的茅草应该换新的了,因为旧茅草已经越来越单薄。然后她喊出了七种蔬菜的名称,但还是什么都没有发生。'又错了!'她喊道,'不过我肯定会成功的。'

"库宾先生并不知道这些,否则阿佳莎魔法中提出的一些愿望肯定会实现的。

"阿佳莎在试验魔法时,又更加漂亮了。"

"为什么会这样?"铁木儿问。

"如果相信自己有特殊的才能,无论是否真的有——一种光就会从身体中透露出来。"妈妈说,"所以,爱德华·封·阿克费尔最后还是注意到了阿佳莎。每次见到她时,他都会伸手打招呼。你可能想不到,有一天他竟然下了马问道:'你叫什么名字啊,可爱的姑娘?'"

"噢,千万别这样!库宾先生该怎么办?"

"他恰好站在山坡上看到了这一切。他难以咽下这颗苦果,但又能怎么样呢?"

"赶紧拿出勇气来呀!"铁木儿喊道,"去采一束鲜花送给阿佳莎,并把一切都告诉她。你不是说过,爱能够让人长出翅膀吗?"

"话虽如此,"妈妈说,"但库宾先生的翅膀迄今一直隐藏在心里。所以他每次表露感情的方式,就只是为阿佳莎发明点儿什么。"

"真是扫兴啊!"铁木儿叹气说。

"由于眼看就要下一场秋雨,"妈妈继续讲下去,"森林后面的天空已经堆积了一片乌云,于是他有了新的想法。他想用细木棍和在蜂蜡中浸过的麻布为阿佳莎做一个遮雨工具。实际是一个可以随身携带并能伸缩自如的小屋顶。"

"在那个时代他真的是很聪明。"铁木儿说,"这肯定是一把雨伞。雨伞也是他发明的吗?"

"是的,"妈妈说,"至少在我的故事里是这样。他又在黑暗中把伞送到阿佳莎的门口。"

Timur und die Erfindungen aus lauter Liebe

"第二天,人们看不见太阳,天空一片灰暗。尽管如此,公鸡仍然报晓;尽管如此,山羊仍然咩咩叫,母鸡仍然咕咕宣告鸡蛋的诞生。燕子虽然醒来,却不敢展翅飞翔。在树枝上过夜的燕子爸爸,因为过于拥挤,不得不把巢中的位置让给妻子,让它蹲在小雏燕身边为它们暖身。'已经到了我们该去南方的时候了。'它爱怜地望着丈夫说。燕子爸爸看起来夜里冻得够呛。

"'是的,很快就到时候了,亲爱的。'它说,'让我们开始锻炼力量吧!'

"'锻炼力量?为什么要锻炼力量呢?'小雏燕们好奇地问。

"'因为我们将踏上遥远的旅途。'燕子父母回答,'为此我们要锻炼,锻炼再锻炼。'

"它们立即就开始了锻炼,尽管天已经下起雨来。

"阿佳莎打开房门,看见燕子围绕茅屋飞翔,一圈又一圈。'噢,它们正在准备去南方的迁徙。'她有些伤感,也开始考虑如何度过长长的冬天了。

"她的脚突然碰到了什么。她跳了回来,因为那一瞬间她以为碰到了一只长着翅膀的大鸟。但那不是鸟。她小心翼翼地把它拾起来。它既不咬人也不刺人,由于被雨浇湿,有些看不清楚到底是什么。

"我们知道,阿佳莎是个很好奇的姑娘,她把那东西拿进了屋子,走到了火炉前。'等它干了以后,看看它到底是什么。'她想,然后就去羊圈挤奶了。

"她从羊圈回来时,全身已经淋湿了,外面的雨越下越大。如果不是用手遮住奶桶,肯定已是半桶雨水半桶奶了。

"阿佳莎在火炉中放了些干草和木头,火烧得旺起来。"

"当时有火柴吗?"铁木儿问。

"没有,"妈妈回答,"那时的人们时刻注意不让火种熄灭,总在油灯里保存一点儿火星,随时可以点燃木屑。火种熄灭,将是巨大的灾难,就必须去找邻居帮忙。"

妈妈继续讲下去——

"火烧得很旺,木头发出噼啪声。阿佳莎坐在火旁烤干自己的头发和衣服。她的目光落到了那个在门外捡到的奇怪东西上。她用尖尖的手指把它拉到身边,拿起它的木柄。它是精雕细刻过的,甚至还有美丽的花纹。她举起那个东西,从各个角度仔细观看。它有些像一只熟睡的蝙蝠。

"'或许这东西会动吧?'阿佳莎顺着木柄观察,然后她看见一个按钮。她用拇指按了一下,就像有一只魔手在操纵,蝙蝠翅膀突然打开了。'是一个携带式小屋顶!'她叫了起来,并把它举在头上,'它能够挡住雨吗?'

Timur und die Erfindungen aus lauter Liebe

"她想走到外面去做个试验,但那个东西太大,卡在了门上。'或许它还可以恢复原样吧?'她想,她又把按钮按向另一方,那东西真的又收拢成原来的样子。'想得真是周到!'她赞叹道。她到了外面,又把它打开,打着它在雨中走了一圈。'一根翅膀手杖!'她喊道,'一棵布料树!一个非常神奇的用具!'

"'封·阿克费尔先生要是现在能够看见我该多好!'她还在想,'或者至少是什么其他人!'因为她并不知道,库宾先生正在山丘上看着她,虽然已被雨水淋得浑身湿透,他却浑然不觉。"

第九章

阿佳莎想知道真相

"阿佳莎想:'如果我有魔法,即使偶尔有,或者不是成心,那也不错啊。每到我需要的时候,它就会自己起作用。

也可能并不是我的魔法,而是有人为我做了这些事情。

或许是一位天使。

一位地仙,一团灰蒙蒙的雾。

一个小矮人。

一位长着浅绿色翅膀的仙女。

一个想象力丰富的神灵。

一个帮我解脱寂寞的好精灵,因为我孤单一人。

这都是可以想象的。

或者……这一切的后面确实有一个人。

但是,为什么有人这样做却不想得到回报呢?他为什么不愿意露面呢?

Timur und die Erfindungen aus lauter Liebe

真是奇怪。

我必须设一个陷阱,当然不是那种危险的,因为我也不想他为此受到伤害,我只是想认识他,想知道他是谁。'

"于是,她在房子周围摆放了晒干的洋葱片,它们很轻,几乎看不见,尤其在黑夜,而且人踏上去也不会发出响声。

"只要那个神秘的生灵来送礼物,如果他是一个人,第二天早上就会看到洋葱片已经被踩扁。如果没被踩扁,那必定是天使或者精灵。就是这么简单!

"转天夜里,库宾先生没有来。他睡得很死,做了好梦。而且,天又开始下雨,一直没停,洋葱片变得又湿又黏。由于雨一直不停,阿佳莎只好打消用洋葱片来检验的念头。她在花园的小路上设置了绊脚绳,一端固定在最后面的一堆木头上。

"如果有人悄悄来送礼物,他就会绊到绳索上,拉倒尽头那堆木头。发出的声音就会唤醒阿佳莎,她就会跳下床,从风眼中看见那个人到底是谁。如果不是人,而是天使或精灵,那绊脚绳就不会起作用,那堆木头也不会移动一厘米,而礼物却仍然会出现在门口。阿佳莎就会距离真相更近一步。

"她对自己的想法很是得意,喝了一盘热汤后就上床睡觉了。火炉中还有少许火星,它必须保持到第二天早上。一只老鼠在阿佳莎翻身的时候从地上跳到床上的茅草中,发出了咯吱响声。

"这一夜,库宾先生还是没有来,也没有什么其他生灵来——既没有天使,也没有精灵或者其他人。

"早上又是阴云密布。公鸡叫得有气无力,母鸡的咯咯声也毫无生气,山羊轻声咩咩叫着。那么,燕子呢?现在已经到了它们飞往南方的时候。燕子爸爸已经做好了出发的准备,正等待恋恋不舍的燕子妈妈。小雏燕们兴奋异常,扇动着翅膀跃跃欲试。'你还没有准备好吗?'燕子爸爸不耐烦地喊道。

"'马上就好。'燕子妈妈说,'再等五分钟!'

"'我们要飞到哪里去呢?'雏燕们好奇地问,它们已经把翅膀展开了。

"'和以往一样,去马略卡岛。'燕子爸爸回答,'那里现在很暖和,是个温和的地方。'

"这时,阿佳莎来到了门外,不小心绊到了线绳上,因为她已经把它忘了,一下子跌倒在地上。那堆木头也轰隆隆地坍塌下来。燕子们受到了惊吓,展翅飞走了,先飞到了路口的大橡树上。它们再次转过头唧唧叫着说:'春天再见!我们还会回来的!'随后扇动着翅膀,朝着马略卡岛方向飞走了。"

Timur und die Erfindungen aus lauter Liebe

第十章

封·阿克费尔先生坠入爱河

"'真是一个郁闷的季节!'库宾先生喊道,但他还是去了森林,想采摘一些今年最后的花朵。

"'这样一个雾蒙蒙的天气里蹲在岸边,一点儿意思都没有。'弗里德里希自言自语地说,他的金发湿漉漉的。

"'现在已经第四次赶车从他身边经过了,'美女玛达莱妮想,'可他却根本就没有注意到我。'确实,弗里德里希一直背向她,眼睛始终盯着大海。尽管她今天打扮得特别用心,头发艺术地高高梳起,而且选了特别合身的衣裙——绿色底,上面缀满了红玫瑰,特别适合这个灰色的秋日。"

"那么爱德华·封·阿克费尔呢?"铁木儿问。

"他现在不再那么思念美女玛达莱妮了,而是越来越喜欢阿佳莎。"妈妈回答。

"我知道,因为自从得到库宾先生的照顾,她越来越

漂亮了。"铁木儿说,"因为她觉得自己很聪明。她感到了自己的价值。"

"是的。"妈妈说,"但是她这几个星期以来却没怎么关注封·阿克费尔先生。因为她一直在关注自己的特异功能,忙于设置陷阱,所以不太注意马蹄声,也很少跑到房子外面去招手。封·阿克费尔先生突然感到心里空荡荡的。因为每天看到的东西,经常会被忽略。只有在它突然消失了的时候,才会让人感到格外珍贵。"

"你怎么什么都知道,妈妈?"

"其实,时间长了,就会知道的……"

"于是有一天,这位庄园主让人在花园里采了一大束漂亮的鲜花,他骑上马前往阿佳莎的小屋,去拜访她。就在他站在她面前把这大束鲜花献给她的时候,库宾先生也手拿一枝想送给阿佳莎的鲜花从森林里走出来。但那是一枝很小的花。

"他看到了两个人在那里,伤心地转过身回家去了。他在一个花瓶里注满水,把那枝花插到了里面。

"他坐在花前,安静地坐了很久,看着那枝花,就好像看见了阿佳莎的面庞,他不知道应该做什么。

"这时,阿佳莎把那一大束花插到她最大的水罐里。封·阿克费尔先生则在外面等待,来回走动着。然后,她捋顺自己的秀发,整理好自己的衣裙,走出屋外。他把她

Timur und die Erfindungen aus lauter Liebe

扶上马背,和她一起骑马奔驰在田野上。她的心狂跳着,她能够感觉到怦怦的心跳。

"到了晚上,她已经没有兴趣再为神秘的生灵设置陷阱了。或许真的都是那位庄园主给她带来的惊喜。她想明天他再来接她骑马时,就把这件事情弄明白。

"她长时间坐在门前摇晃的楼梯上,仰望着天空。她觉得,好像所有的星星都在闪光,尽管实际上她看到的是厚厚的乌云笼罩的天空。

"就在同一时刻,库宾先生仍然坐在桌旁,用手支撑着头,望着眼前的花朵。那是一朵蓝色的花,花蕊中心是一颗星星,散发出特殊的芳香。他不知道,是否应该在夜里把这朵花给阿佳莎送过去。

"'如果我现在放弃,'他想,'那我就会永远失去她。'

"于是,他托着小花瓶走到门外,翻过山丘,走向阿佳莎的茅屋。阿佳莎房子里漆黑一片。他把花轻轻放在门口,然后悄然返回。这一夜,他睡得很不安稳……"

第十一章

看来问题很严重

"我简直都不敢继续听下去了!"铁木儿喊道。

爸爸也有同感。"如果我也像他一样胆小,就永远也不会得到你的妈妈。"他说。

"是的,他的处境很危急!"铁木儿叫道,"如果继续这样下去,我就要进到故事里面去插手了。你能不能让我进去呀,妈妈?我真的很想去帮助他!"

"事情还没那么糟呢。"妈妈继续讲下去,"但在这个早上,情况看来对库宾先生并不算太坏。阿佳莎看到那枝花时,她就对自己说:'这不是封·阿克费尔送我的那种园中花朵。这是森林中的野花,很稀有的品种。这肯定是其他什么人送来的。'

"她把小花瓶拿到了屋子里,摆放到一张小凳上,因为桌子上还摆着那一大束华贵的鲜花。她蹲在小花前观赏着,突然感悟到,在这附近还有一个人在关爱着她。"

"谢天谢地!"铁木儿松了一口气喊道。

Timur und die Erfindungen aus lauter Liebe

"但那位庄园主下午又来了,他把阿佳莎托上马鞍,"妈妈继续说,"小花又被忘得干干净净。"

"阿佳莎怎么可以这样!"铁木儿气恼地说。

"骑马飞快奔驰,给她带来了欢乐。"妈妈说。

"可以理解。"爸爸认为。

"封·阿克费尔先生突然关注她,使她非常满足,这是她内心由来已久的渴望。"妈妈继续讲。

"到了晚上,她回家进入房间的时候,整个屋子都洋溢着奇妙的芬芳。阿佳莎还以为,这是那把大花束散发的香气。但不是,大花束根本就没有香味,那朵小花的芬芳却弥漫在整个房间之中。阿佳莎把小花摆放在自己的床头,然后躺在了床上。她把脸转向小花,闭上了眼睛,吸着花朵奇妙的香味,微笑着入睡了。

"第二天早上,库宾先生根本就不想起床。这个秋日是如此阴郁,就和他的情绪一样。当他穿上衣服走出门外,听到马蹄声时,立即跑上山丘,刚好看见阿佳莎和庄园主一起骑马离去。他的情绪坏极了,又回到屋子钻进被窝。房子周围飞来一群乌鸦,落在房檐上呱呱地叫着。'这恰恰是适合我的音乐。'库宾先生想,'是一曲真正的哀乐。我把一切希望都送进了坟墓。'"

"妈妈,是时候了,"铁木儿果断地说,"该让我进到故事里去了!"

国际大奖小说

"随你的便吧!"妈妈说,"但今天晚上你必须回家来!"

"我保证。"铁木儿说完就立即不见了踪影。

第十二章

铁木儿插手了

有人敲门。库宾先生从床上坐起来,聆听着。唉,他肯定是听错了,谁会来敲他的门呢?

但他又一次听到敲门的声音。他立即从床上跳下来,藏到了房间里比较黑暗的地方,屏住了呼吸。

房门开了一条缝儿,一个年轻的声音喊道:"你好,屋子里面没有人吗?这里是不是住着库宾先生啊?"

"你……你是谁呀?"黑暗里传出了问话。

"我是铁木儿。我可以进来吗?"

"那好吧。"库宾先生迟疑了片刻说,"既然你已经来了。"

铁木儿进入屋子。"您根本就不高兴我的来访,是吗?"

"我还没有接待客人的习惯。"库宾先生解释说,并向铁木儿走近一些,"如果我有这样的习惯,我或许会高兴的。"

"好吧,不说这个了。"铁木儿说。然后他好奇地巡视了一下四周。"我终于可以亲眼看看这一切了!但屋子里面太黑了,几乎什么都看不清楚。"

"白天我不点灯,那样太浪费了。"库宾先生说。

"在这样的光线下是无法读书的。"铁木儿说。

"反正我也不认字,"库宾先生说,"怎么读书呢?"

"不认字,不读书?"铁木儿吃惊地说,"可您已经是成年人了啊!"

"事实就是这样。我们这里几乎没有人会读书。只有牧师和文书认字。他们住在三个村庄以外的地方。"

"那么阿佳莎呢?她会读书吗?"

"也不会。"库宾感到吃惊,"你认识她?"

"是的,"铁木儿说,"另外,您再不注意,火种就要熄灭了。"

"噢,你说得很对,那将是一场灾难!"库宾先生赶快往火炉中添了一些刨花和木头。"你喜欢喝茶吗?"他又问。

"我更喜欢蜂巢蜂蜜,"铁木儿说,"您家里有吗?"

"大概还有些存货吧。"库宾先生把桌子摆好。

"有荞麦面包吗?"铁木儿紧张地问。

"有。"库宾先生回答。他切了几片面包,并把几块蜂巢蜂蜜也摆在旁边。"祝你好胃口!"

Timur und die Erfindungen aus lauter Liebe

铁木儿没等他再说第二遍，就不客气地吃了起来。

吃东西的时候，库宾先生仔细地观察着铁木儿。

"你看起来和这里的孩子不一样，"他说，"你的头发，你的衣服。布料织得这么细。还有这颜色！你真是个神奇的男孩！你是从哪儿来的呢？"

"从另外一个时代。"铁木儿一边大口地吃面包一边回答。

"可这是不可能的呀！"库宾先生吃惊地说。

"完全可能。在我们家里，人人都有您发明的笤帚。"蜂巢蜂蜜特别甜，只是容易粘在牙齿上，铁木儿一边说，一边舔着牙齿。

"也就是说，你来自未来？"

"是的，正是这样。而且晾衣绳我们也是每家都有。还有雨伞。"

"雨伞？一个好名字。我曾把它称为'移动小屋顶'。"

"我们也有秋千。但大多是给孩子们玩的。在新年集市上人们会搭起色彩鲜艳的巨型秋千。您发明的一切，大家至今还都很愿意使用。照理说，您应该成为一个富人才对。"铁木儿又抓起了第二片面包。

"我已经很富有了。"库宾先生说，"我有一切所需要的东西。然而……最重要的却没有。"他低下了头。

"我知道您的心思。"铁木儿十分理解地说。

"不,不,"库宾先生伤心地回答,"你根本不可能知道。"

"但我知道,"铁木儿说,"您是说阿佳莎。"

"正是!"库宾先生吃惊了,惊奇地望着这个小男孩,"你是预言家吗?"

"怎么说呢,差不多吧。"铁木儿回答,咳嗽了几声。他吸进了一个面包屑。"另外,我想帮助您得到她。"

"这你做不到。"库宾先生叹了一口气说。

"您至少应该尝试一下!"铁木儿说。

火炉中的火烧得越来越旺,照得屋子里亮堂堂的。现在,铁木儿看得比较清楚了,而且他的眼睛也逐渐适应了黑暗环境。火炉旁边摞着一堆木柴。天花板上用绳索吊着干菜和干蘑菇。房间的一个角落里,摆放着一只装满洋葱的篮子。墙是用木头和泥巴垒成的。"就像是童话书里形容的一样。"铁木儿想。

然后,他开始观察库宾先生。他穿着一件麻布衣裳,腰间系着一根皮带,黑色的长裤是用粗布缝制的。脚上穿着靴子,显然是手工制造,用几块皮子拼接而成。他的头发很长,披在肩上,有些像摇滚歌手,下颌上长着褐色的胡须。他有一双友善的眼睛,窄窄的面庞,中等身材,修长挺拔。

"其实,您是会讨阿佳莎喜欢的。"铁木儿说,"我妈

Timur und die Erfindungen aus lauter Liebe

妈要是见到您,肯定会说您是女人追求的类型。"

"我不相信。"库宾先生有些犹豫地说,"但你的说法很有趣!而且我也有很久没有到浴匠那里去了。"

"浴匠是干什么的?"

"人们可以在他那里沐浴和理发。虽然我自己也有一个可以沐浴的木桶,但有时还得让人给我理发和修整胡须。浴匠有锋利的尖刀和刀片,而我们其他人却没有。但他住得很远,要走过五个村庄才能到达,这是很长的路途。"

"明天我给您带一把剪刀来。"铁木儿许诺,"您只要需要,我每天都会再来的。"

"我很愿意。"库宾先生说,"正像我说过的那样,我从来没有过客人。这里住的人并不多,几乎没有人认识我。"

"为什么会这样呢?您是一个很和气的人呀!"

"可是,"库宾先生回答,"我觉得,这可能怨我自己。我……很怕见人。"

"怕见人?"铁木儿好奇地问,"我觉得,您只不过有点儿腼腆和胆怯罢了。怕见人,说得有点儿严重了吧!您平时的感觉如何?"

"孤独。"库宾先生说,"我并不是有意躲着不见人。那只是,好像生了病一样。"

"哦,所以您在开始时有些怪怪的。"

"当然今天我的情况还没有发展到那么严重的地步。我能很快控制自己的情绪。"

"那么,如果有人敲门,您会怎么样?"

"我就想钻进老鼠洞里去,同时在我周围筑起一堵墙。但是,并没有人来敲门。我的房子位置相当偏僻,没有人可以找到。凡知道我的人,都以为我是一个疯子。"

"这我可以想象。"铁木儿说完,两个人都陷入了沉思。

"你能跟我出去吗?"库宾先生最后问,"我需要蓝莓叶煮茶,而且我的香草根也已经用完了。"

他向铁木儿展示了草原、田野和森林。森林是如此浓密和宏伟,净是高耸入云的古树,地上铺满了色彩缤纷的落叶。树与树之间,也生长着比较低矮的枞树、灌木丛和青苔,还有兔子、松鼠、獾、狐狸、田鼠和昆虫的各种洞穴和藏身之处。秋风吹弯了树干,发出嘎嘎的响声,树枝摇晃着,沙沙作响。风吹向附近湖畔的芦苇,奏起了一支协奏曲。

天暗下来时,他们踏上回家的路,库宾先生给铁木儿指点了阿佳莎的茅屋,当然只是从很远的地方。茅草的屋顶上净是青苔,山羊在高高的草丛中吃草。

距离库宾先生的房子越来越近了。炉火还在燃烧

Timur und die Erfindungen aus lauter Liebe

着。库宾先生又向里面添了几块杨木劈柴。然后他把蓝莓叶倒进一个篮子里,香草根放进一个盆里。

"我现在得回去了。"铁木儿说,"我答应了妈妈,不能回去太晚。"

"你这是什么意思?"库宾先生问,"你如何从我的时代回到你的时代呢?"

"很简单。"铁木儿回答,"我只需要我的意念。"

"原来是这样。"库宾先生说,"但我还是不明白。说实话,我觉得这一切都有点儿疯癫。不过,这对我是个安慰,让我知道在这个世界上除了我,还有其他类型的人。"

"是的,这样的人还有很多。"铁木儿说。

"我们去了森林。库宾先生的房子里面很暗。他白天不点灯,因为他很节省。你们可能想不到,他竟然不认字。那里几乎没有人能够读书,只有牧师和文书认字。"铁木儿讲啊讲个不停,几乎连口气都不喘一下。

"还有,库宾先生房子周围的草非常高,因为它们可以随意生长。我必须给他带一把剪刀去,库宾先生没有剪刀,只有浴匠才有。人们要到浴匠那里洗澡和理发,但他住在五个村庄以外的地方,库宾先生不能经常去。所以他的头发很长。其实他长得很帅,绝对时尚。他的头像

完全可以上《顶好》杂志的封面。"

"就像我小时候的嬉皮士那样吧!"爸爸说着把电动剃须刀递了过去。

"可是爸爸,库宾先生怎么用这个东西呀?"铁木儿问。

"你说得对。"爸爸说着,自己也摇了摇头。然后爸爸妈妈又问起阿佳莎。

"我还没有看见她。"铁木儿说,"只看见了她的房子和山羊。或许我明天能够看见她。但我先得关注库宾先生。因为他不光是像我们想象得那样腼腆和胆怯,妈妈,其实我们有时也会这样。他很怕见人,而这……这其实很像是一种病。"

Timur und die Erfindungen aus lauter Liebe

第十三章

为克服腼腆进行实际演练

铁木儿第二天来的时候,库宾先生没有躲藏起来,而是站在门口迎接他。为招待铁木儿,库宾先生准备了蓝莓茶、蜂巢蜂蜜和荞麦面包。铁木儿也很快就适应了屋内微弱的光线。今天,桌子上还点了一盏油灯,作为对这一天的庆贺。

吃完饭,铁木儿拿出了剪刀。库宾先生十分惊喜。然后他坐到小凳上,让铁木儿给他理发。

"您有梳子吗?"铁木儿问。

"没有。"库宾先生答。

"那您怎么梳头呢?"

"我就用手指梳头,这就足够了。"库宾先生回答,"现在开始吧!"

铁木儿围着他转了一圈。"在我们那里,男人的头发都是很短的,"他说,"就像我这样。我应该给您剪下多少头发呢?"

"我们这里,只有罪犯才剪短发。"库宾先生说,"那是一种惩罚,让大家都能识别。"

"那我们最好还是留着长发吧!我只在下端稍微剪短一些。"铁木儿思考后说。

"只要到肩膀就可以了,"库宾先生说,"再长我也不喜欢。人还是要与时俱进的。"

"我明白了。"铁木儿说着开始给他理发。这一下,那一下,很快就剪完了。库宾先生有了新的发型就更好看了,简直就像是童话里的王子。

现在要开始剪胡须了。胡须他想自己动手剪。他在盆中放满水,摆在油灯下,让光线斜着照在水面上。只要他弯腰接近水面,就可以看见自己的倒影。

铁木儿准备长大后也这样做,这比站在镜子前有趣多了。而且以后他也不想用梳子,而只用手指梳头就行了。

库宾先生剪掉下巴上的胡须,并把嘴上的髭须也剪短一些。

"我们现在应该马上去拜访阿佳莎,您现在非常英俊!"铁木儿提出建议。

"这我可做不到。"库宾先生说,脸也变得苍白。

"我不是在您身边吗?"铁木儿安慰他说。

"尽管如此,"库宾先生回答,"但我一激动什么话都说不出来。"

Timur und die Erfindungen aus lauter Liebe

"真的不去吗?"铁木儿感到很奇怪。

"不去。"库宾先生说。

"那我们就先演练一下。"铁木儿做出了决定,"我们马上就开始。"

"那好吧。可是我们怎么做呢?"

"我扮演阿佳莎,您就扮演您自己。我可以拿那几块布吗?大的我围在身上,当作裙子,两块小的,我插到衬衣上。好了,现在您肯定会把我当成一个女人了,是不是?"

"是的,现在很像了!"

"那么,现在让我们到外面去!"

"好吧,然后呢?"

"我们去散步,但各走各的。然后我们偶然相遇,这时您就得考虑和我说些什么。"

"真是个挺难的演练。"库宾先生认为。

于是,他们就按照铁木儿说的那样做了,各自前去散步,直到两人偶然相遇。

"多好啊!我们碰巧都到了这个地方!"铁木儿喊道。

库宾先生没有回答,只是愣愣地看着他,就像一条鱼一样沉默不语。

"您为什么不和我打招呼呀?"

"我做不到!"

"就这么难吗?"

"我好像失语了。"

"那我们再试一次吧!"铁木儿建议,"反正我们有的是时间。"

他们又分开散步,然后再次相遇。

"你好,邻居先生!今天的天气真好,您说是不是啊?空气清新,阳光灿烂。我们还有什么不满足的吗?"

"是啊,是啊,"库宾先生磕磕巴巴地说,"对不起,我现在必须马上回家。我的白菜汤冒锅了。"

"这又是怎么了?"铁木儿生气地喊道,"您不应该找这个可笑的借口,而应该说点儿好听的话,说点儿恭维的话!"

他们又分开散步。"喂,邻居先生,难道这不是一个美丽的早晨吗?"

"是的,阿佳莎,但却不如您那样美丽。"库宾说完就赶紧跑开了。

"不错!"铁木儿喊道,"可您为什么要跑开呢?"

"我也不知道,"库宾先生喊道,"再来一次吧!"

"噢,邻居先生,多么美丽的早晨呀!"

"是的,阿佳莎,但还是比不上您的美丽。"

"您真的很有男人的魅力!"铁木儿高兴地说。

"您真的这样认为吗?"库宾先生的脸有点儿红了。"现在该怎么办呢?"他小声问。

"那就要看您想做什么了。"铁木儿也轻声回答。

"我可以邀请您吗?"库宾先生问。

"邀请我做什么呀?"铁木儿回答。

"做什么……做什么,是啊,做什么呢?"库宾先生思考着。

"去跳舞,或者去吃冰激凌?"铁木儿建议。

"我肯定不会邀请她去跳舞。我们这里每年举行两次舞会,一次是春天,一次是秋天。但我觉得那里的人太多,我害怕。吃冰激凌?铁木儿,你怎么会提这个建议!人怎么能吃冰呢?她会把我当成傻瓜的!"

"我说的冰激凌不是河里的冰块,我指的是……"

"啊,不要说这个了!"库宾先生生气地说,"作弄人,我自己也会。你这是个愚蠢的主意!我知道该怎么办了。让我们从头再来!"

他们又去"散步"。

"你好,邻居先生,多美丽的早晨啊!"

"是的,阿佳莎,但还是不如您美丽。"

"谢谢!说得我都要脸红了!"

"我想邀请您,阿佳莎。"

"去做什么呢?"

"我们可以去看日落。就在橡树林的后面,真是特别的美。您有兴趣吗?"

"好极了,我很愿意!"

库宾先生深深呼了一口气。他真的费了很大力气。"我做得怎么样?"他最后问。

"相当不错了,"铁木儿说,"我们再演练三遍,然后您就可以去找真正的阿佳莎实践了。"

"先看看吧!"从他的声音里仍然可以听出很多疑虑。

他们又演练了三遍,现在可以去实践了。

"我不知道……"库宾先生迟疑着。

"去吧,去吧!"铁木儿催促说,"我就在这上面看着。"

真的,库宾先生果然下山去了。他十分缓慢地接近阿佳莎的房子。在那里他轻手轻脚地走来走去,时而在树木之间,时而在草丛当中,有时在路上,有时又在路边。然后,他突然转身,又跑回了山丘顶上。

"我的勇气还没有到达这个地步。"他小声地说。

他们回到屋里,又做了多次演练。库宾先生吹了几声口哨,一只小仓鼠从墙上一个洞穴里爬出来。它不怕人,甚至让库宾先生抚摩。

"多可爱呀!"铁木儿喊道,"它叫什么?"

"拉斯劳斯。"库宾先生回答。

铁木儿和拉斯劳斯玩耍,一直到天黑了下来,他必须回家了。

"你明天还来吗?"库宾先生问,"你来,我会很高兴

Timur und die Erfindungen aus lauter Liebe

的。"

"我要开始让头发长长一些了,"铁木儿回家后说,"爸爸,你也应该像我一样。你知道吗,短头发其实是罪犯的标志。"

"是库宾先生说的吗?"

"是的。"

"那好吧。你说的肯定是对的。"

爸爸在翻阅报纸,铁木儿仰头望着天花板沉思了一会儿,然后他紧张地问:"你第一次见到妈妈时,对她说了什么?"

"什么都没说,"爸爸回答,"我没有勇气说,当时过于激动。"

"你也激动了?"铁木儿吃惊地说。

"是的,我也激动了。"

"那么第二次呢?"

"我问她愿不愿意和我去看电影,然后去纽伦堡烤肠店。"

"然后呢,她跟你去了吗?"

"是的,那是很浪漫的。我们当时看了影片《日瓦戈医生》,还轻轻拉了手。接着我们就去吃小烤肠加酸菜。我永远不会忘记那一天。"

第十四章

问题比想象的还要困难

铁木儿睡过了头,来到库宾先生家时,稍微迟到了一些。他敲门,但却没有人回应。他干脆就自己推门进去了。库宾先生确实不在屋里。或许拉斯劳斯在家吧?

铁木儿吹了几声口哨,那只小仓鼠果然从洞穴里爬了出来,然后在地面跳着爬了过来,爬到了铁木儿的手上。他抚摸了它几下。"你知道库宾先生去哪里了吗?"他问。

旁边发出了咕咕的响声。铁木儿手中托着小仓鼠,在房子周围绕了一圈,发现后面还有一间屋子,半是畜圈,半是手工作坊。库宾先生蹲在地上,正在用水搅拌着泥巴。

"日安,铁木儿!"他说,"你来了,真好!"

铁木儿向周围看了看,屋子的一半铺着茅草,上面站着一头牛,正在安详地吃着干草。

"这是玛蒂尔德。"库宾先生介绍说。

Timur und die Erfindungen aus lauter Liebe

"你好,玛蒂尔德。"铁木儿说,玛蒂尔德短短地哼了一声。

在房梁上蹲着一只猫头鹰。它把头转向铁木儿的方向,一只眼睛看着铁木儿,另一只眼睛闭着。

"它是半睡半醒。它整夜都在外面游荡,"库宾先生解释说,"它名叫艾丝特。"

"你好,艾丝特!"铁木儿说。

"你最好用手盖住拉斯劳斯,谁知道会发生什么事情。"库宾先生把泥巴团成一个圆球。

铁木儿立即把仓鼠藏到夹克里面。"猫头鹰吃仓鼠吗?"他胆怯地问。

"是它最爱的美食。"库宾先生回答,同时把圆球揉成了一个碗的形状。

"您要把它做成什么?"

"一个种这枝花的花盆。这是我今天早上在森林里找到的。它上面还有很多花蕾。"

"看起来好像是玫瑰。"

"就是玫瑰。冬天很快就要到来,那时森林里就没有花朵了。有了这盆花,阿佳莎至少能够在家里看到花。"

"真棒,库宾先生!您知道,您正在发明盆栽花吗?"

"其实人人都会想到这个方法的。"库宾先生谦虚地说。

国际大奖小说

花盆做好后,他把它拿到了家里。铁木儿又仰头看了一眼艾丝特,它这时已经睡着了,不过或许只是装成睡着的样子。他把盖着拉斯劳斯的夹克拉紧——还是保险一点儿好,然后跟着库宾先生回到屋子里。库宾先生把花盆放在火炉上面的铁架上烘烤,然后切下一块用玛蒂尔德的奶做成的干酪,邀请铁木儿和他一起享用。拉斯劳斯也得到了一小块。它趴在桌子上,用两只小前爪抱着干酪吃了起来。

饭后,库宾先生用榉木削了一把梳子。在木屑飞舞中,他唱了一首自创的歌谣:

你是我的,
我是你的,
这你应该知道。
你被锁在我的心中,
钥匙却再也找不到,
你只能永远永远,
留在里面跑不掉。

"真美!"铁木儿说,"或许会有人把这首歌记录下来,让全世界的人都知道。"

"或许吧!"库宾先生说。

Timur und die Erfindungen aus lauter Liebe

然后,他们去森林里采蘑菇。但他们只找到很少几朵。风把最后的树叶吹落到地上,天已经很凉了。

库宾先生停住了脚步,用鼻子使劲吸了几口气。"闻闻吧!这是冬天的风!"他说。铁木儿学着他的样子,他也闻到了,感觉十分清新。

他们往回走的时候,看到远方驶来一辆马车。里面肯定坐着玛格莱妮,头发高高梳起。

"从这里到海边有多远?"铁木儿问。因为他很想见到弗里德里希。

"还有很长的路程,"库宾先生说,"走路需要半天时间。"

他们突然听到了马蹄声。"快过来!"库宾先生喊道,想藏到灌木丛中去。"为什么呢?"铁木儿问,并停住了脚步。但库宾先生却一把把他拉了过去。"那是阿佳莎!"他激动地喊道,"不能让她看到我们。"

从灌木丛的缝隙中,他们终于看到了阿佳莎。她和一位高贵的先生骑在一匹褐色的马上,那人肯定是那位庄园主吧。

阿佳莎坐在前面。她的头发有些凌乱,衣服也有些破旧,脚上穿着自己缝制的皮靴。"虽然不时尚,但也很好看。"铁木儿想。

庄园主先跳下马,然后把阿佳莎抱了下来。"明天见,我的美人!"他喊了一声就告别了。

"还好,他没有吻她。"铁木儿想,"还没有!"但他没有把这些说出来,而是说:"他有一匹马,这当然是他的优势。您不可能邀请她骑着您的玛蒂尔德出游呀。"

"不能,这当然不能。"库宾先生回答,站起身来准备回家。为了不让阿佳莎看见他,他弯着腰在灌木丛中行走,身体看上去矮了一截。

"您没有向他们两人问候,真是可惜。"铁木儿说,"您肯定会成功的,因为还有我在你身边啊!"

"我一见到阿佳莎,就激动得不行。"库宾先生说,"而且还有那个庄园主在场,我肯定会加倍出丑的,我就是这么没用。"

"可我们已经演练了很多次呀!"铁木儿失望地喊道。

"可事情来得这么突然。"库宾先生说,"而且,铁木儿,怕见人的毛病,并不是那么容易就可以改掉的。"

"这我可以理解,"铁木儿说,"但我们现在就可以把盆花送给她!"

"这不行,"库宾先生几乎松了一口气说,"那个花盆还需要一夜时间才能烘干。"

"要么,"铁木儿突然想起来,"您就把梳子送给她!"

"哦不!"库宾先生喊道,脸一下子变得苍白。

"不,现在就得去!"铁木儿严厉地说,"现在您要抓

Timur und die Erfindungen aus lauter Liebe

紧时间,送去以后再回家。"

库宾先生虽然同意了,但走得特别慢。

"我应该说什么呢?"他问,"现在说日落又不合适,你看看天吧!而且我已经把昨天的演练全都忘记了。我们现在能不能再演练一次?"

"那好吧!"铁木儿说,"您出去,我留在房间里,然后您来敲门。"

他们开始演练。敲门。铁木儿开门,但却没有人在门口。

"您在哪儿?您不要太胆怯了!"

库宾先生从房子拐角处走出来。"再来一遍吧……"他小声说。

敲门。铁木儿开门。

"我想,我请你,我是……"

"您在说什么呀,我的老天爷!"

"我想,我已经,我来了,因为……"

"说呀,继续往下说!"

"这个,给您!"库宾先生这样说着,把梳子交给铁木儿,然后转身撒腿就跑了。

"这样不行,"铁木儿忧虑地说,"但我们不能放弃。再来一遍!"

敲门。铁木儿开门。"日安,"他说,"您是谁呀?"

"我是您的邻居库宾先生,这个送给您,是我自己做的。"

"这回还差不多。"铁木儿说。

"真的吗?"库宾真的松了一口气。

"只是有个小问题,"铁木儿说,"您难道只有姓,没有可以告诉她的名字吗?您难道愿意阿佳莎称呼您库宾先生吗?"

"不,我当然不愿意。"库宾先生承认。

"那么,您的名字是什么呢?"

"霍滕修斯。"库宾先生小声说,"一个很难听的名字。"

"哦不!"铁木儿安慰他说,"是一个很有趣的名字!但我们可以把它简化一下,让它听起来更响亮一些。"

"叫什么呢?"

"就叫霍尔蒂?或者田希,或者……您喜欢吗?"

"不,真的不喜欢。霍尔蒂或者田希!那是小丑的名字!还是保留原样吧,该叫什么,就叫什么。"

于是,库宾先生终于开始行动了。他走下山坡,先是迈着大步,但越是接近阿佳莎的房子,步子也就变得越小,最后简直变成了爬行。然后他又站在灌木丛中,很久不动。最后,他踮起脚尖,一步一步向前挪,轻得就像是一个小偷,走到她的门前,却不敲门,而是把梳子放到摇

Timur und die Erfindungen aus lauter Liebe

晃的楼梯上,又悄悄地溜回灌木丛,就像是一只仙鹤,走到他认为安全的地方以后,才闪电般地跑回家。

"我快要失去耐心了!"铁木儿叹口气说。

"这我可以理解。"库宾先生嘟囔着说,"怕见人的人,做事并不那么容易。特别是面对女人,没办法。"

"好吧,忘掉这些,"铁木儿说,"但明天您得给她送花去,保证?"

"保证。"库宾先生轻声说。

"真心话?"

"真心话。"

"怕见人和腼腆害羞,两个加在一起并不是一对幸运的伴侣。"爸爸说。

"你说得当然不错,"可妈妈却说,"但这或许恰恰是治疗库宾先生毛病的偏方。"

"如果阿佳莎知道他什么都会做的话,"铁木儿陶醉地说,"她就会去找他了。比如他今天作了一首诗。"

"什么诗?"爸爸问。

"我只记得最后两句:

钥匙却再也找不到,

你只能永远永远,

留在里面跑不掉。

就是这样。"

"我知道这首诗，"妈妈喊道，"我是你的，你是我的……这是中世纪一本诗歌集中的诗。作者是无名氏。难道作者就是库宾先生？真是难以置信！"

"我是见证人。"铁木儿说，"就是说，当时还是有人来过把它记录了下来。真是幸运！"

"是的，真是幸运！"爸爸妈妈也感慨地说。

爸爸还加上一句"应该脱帽致敬"，虽然他根本就没有戴帽子。

"噢，我还想起一件事，你们都跟我到门口来！"铁木儿说，"闻一闻冬天的风！"他用鼻子狠狠吸了一口外面的冷空气。

他的父母也照他的样子做。"是的，"然后他们高兴地说，"是的，我们也闻到了。"

阿佳莎当天晚上发现了那把梳子。她蹲在炉火旁，梳理着自己的秀发。这些惊喜不是来自庄园主，在这期间她已经知道了。她曾把这些东西都拿给庄园主看，并观察了他的反应。他对这一切都交口称赞，承认从来没有见到过。但他的眼睛里却看不到丝毫狡黠的火星闪

Timur und die Erfindungen aus lauter Liebe

烁。而且,他的想象力也并不太丰富。

但他却是一位英俊的男子,而且富有,这当然也不应该忽视。一个人是不可能什么都拥有的。

第十五章

库宾先生显示自己的勇气

随着第一声公鸡报晓,阿佳莎就起床了。她穿上干净的衣裳,洗了自己的秀发,并在火炉旁烤干,然后用新得到的梳子梳理整齐。接着她去喂动物,由于天冷,它们都得待在圈里,不能外出。

晾衣绳她已拿进屋子,固定在两根梁柱上。在一个大木盆里,她先把脏衣物洗干净,然后搭在晾衣绳上。衣物上的水滴在泥土地上,发出滴答的响声。几片雪花从外面飞进屋里。

在山丘的另一边,库宾先生挤了母牛玛蒂尔德的奶,并给它添了几把干草。然后他煮了奶汤,煮了满满一大锅。

泥巴花盆已经在夜里彻底烤干。库宾先生把它拿到作坊,放进森林泥土,把一株玫瑰栽在里面。

这时,爱德华·封·阿克费尔也备好了马。他想骑马去阿佳莎家,给她送一份烤兔肉。此外,他还想向她提出

Timur und die Erfindungen aus lauter Liebe

一个非常重要的问题。

在同一时间,美女玛达莱妮正站在阳台上,遥望着庄园主的身影,因为他已经很长时间没有从这里经过了。是的,是的,这样很好:经常发生的事情,往往并不起眼,一旦它突然不见了,反倒引起人们很多遐想。

同样,金发少年弗里德里希也很奇怪,他已经很久没有看见美女玛达莱妮了。或许她得了感冒,不得不留在家里。他很为她担心。

这时,铁木儿来了。库宾先生邀请他一起喝奶汤。

"玫瑰呢?"铁木儿一边喝汤一边问。

"我已经把它栽到了花盆里。"库宾先生迟疑地回答。

"那我们就可以开始行动啦!"铁木儿说,并把空盘子推到一边,"这个时候,阿佳莎肯定在家。"

"马上。"库宾先生说,"我还得添点儿柴火,别让火种熄灭。"

"是的,不能让它熄灭。"铁木儿说着想去帮一把手。

"不用你动,我自己可以。"库宾先生说着,动作十分缓慢地去添柴。他看起来有点儿故意拖延时间。放在火炉旁的柴火,他突然觉得不好用,非要到畜圈去取不可。但又觉得那里的柴火太绿,因为树皮上长了青苔,他又去找别的柴火。他终于弄好了,炉火又旺了起来。

"好了,现在该行动了!"铁木儿说,"玫瑰在哪里?"

"是啊,我把它放到哪儿去了呢?"库宾先生喊道,并在屋子里面到处寻找,"在这儿吗?不,这儿没有。或许是在那儿吧?不,那儿也没有。我把它放在哪儿了呢?唉,今天我的忘性怎么这么大呀!"

"您是故意这样的!"铁木儿说,他一直在仔细观察库宾先生的行为,"您只是想故意拖延时间!但这是没有用处的,您保证过的。"

"那好吧!"库宾先生小声说着,去了作坊。铁木儿跟在后面。就在玛蒂尔德旁边的角落里,一盆玫瑰,隐藏在一大堆干草后面。

"是谁把干草推到花盆前面的呢?"铁木儿眨着眼睛问。

"大概是风吧?"库宾先生说,"或者是玛蒂尔德?"

那株玫瑰的一朵花蕾在夜里开始绽放了,亮出鲜红的颜色。而其他花蕾还没有开放。

"最小的花蕾要等到圣诞节才会开放。"库宾先生说,"那时,阿佳莎会高兴的。"

"她会很高兴的!"铁木儿说,"肯定!好,现在没有什么借口了,您必须行动了!我在山头看着您。"

"我觉得很不舒服。"库宾先生说着,把手放在肚子上。

"您应该振作起来。"铁木儿说。

Timur und die Erfindungen aus lauter Liebe

"我怕见人的毛病一夜之间似乎加重了,"库宾先生说,"现在到了无法克服的程度。"

"要不要我跟您一起去?"铁木儿建议。

"千万别!否则阿佳莎马上就会发现我是多么怯懦。我必须自己去做,自己,自己,自己!否则怎么让她喜欢我呢?"

库宾先生真的自己去了!看上去,他就像是一个提线木偶。那盆玫瑰花,他笔直地托在手上。越是接近阿佳莎的房子,他的步伐也就越缓慢。但他确实在前进。

库宾先生的膝盖在发抖,心跳得在外面都能听到。他勇敢地一步一步地往前走,心里一再重复演练时熟记的话语:"日安,阿佳莎小姐,我是您的邻居霍滕修斯·库宾。您可能根本就不认识我。为了改变这种状况,我想送给您这盆花。"然后他真的来到了她的门前。

这次他没有放轻脚步,也没有弯腰和胆怯,而是深深吸了一口气,径直走到门前准备伸手敲门。但从挂着窗帘的风眼里传出来一个声音,那是一句刺痛库宾先生心窝的话语。那个声音说:"阿佳莎,您愿意嫁给我吗?"库宾先生像一块石头一样僵在了那里。

"您为什么不说话呀?"那个声音又说,"您肯定感到突然,所以一时说不出话来,是吧?"

国际大奖小说

"我在这里已经没有事情可做了。"库宾先生想,于是静静地把那盆花放在了阿佳莎的门前,就像是送去了最后的礼物。他伤心地转过身,低垂着头,缓慢地走回了山丘。

第十六章

巨大的痛苦

"您怎么了?"当铁木儿看到库宾先生时,担心地问,"您看起来好像完全绝望了!"

"我去得太迟了。"库宾先生轻声说。

"太迟了?"

"是的,太迟了。假如我能够早一点儿有勇气那样做该多好!"库宾先生坐到床沿上,他伤心极了。

"发生了什么事情?"铁木儿问。

"她家里已经有了客人,"库宾先生缓慢地说,"当然是那位庄园主。他……他向阿佳莎求婚了。"

"真倒霉!"铁木儿喊道,"那么阿佳莎呢?她说了什么?"

"我不知道。"库宾先生说,"我马上就离开了。她肯定会说愿意的。为什么不呢?"

"您可不要就这么轻易放弃!"铁木儿喊道。

"我现在不能再去找她了,"库宾先生说,"我错过了自己的幸福。这是对我怯懦的惩罚。"

"那就我去!"铁木儿说着站起身来。

库宾先生惊恐地抖了一下。"你对她说什么呢?"

"告诉她是您为她做的那些事情,以及我所知道的一切。"

"你不能这样做。你把我置于何地呀!如此胆小!如此怯懦!没错,我是这样的性格。可她却没必要知道啊!"

"她应该知道,她必须知道。"铁木儿说着,向后退了一步,"但不一定马上。"

Timur und die Erfindungen aus lauter Liebe

第十七章

铁木儿想做最后的挽救

"对她应该用另外一种方法。"铁木儿想,"不是用话语,而应该让她自己得出结论。反正必须要让她知道。"

铁木儿突然想起了一个游戏。

"您有纸和笔吗?"他问库宾先生。

"我要那个干什么?"他回答,"我又不会写字。"

"那倒是。"铁木儿说。然后他巡视了一番四周,看有没有类似纸张的东西,他发现了一卷浅色的皮革。他用火钩从炉火中钩出一小块黑炭,很细,就像是一支铅笔。

"我到门口去一下,"铁木儿说,"呼吸一点儿新鲜的空气。您看起来很需要安静和休息。"

"谢谢,铁木儿!"库宾先生说,"你真的是很体贴。"

铁木儿跑到作坊,坐到草堆上,用一块木板当桌面,在皮革上画了一幅藏宝图。他不能使用文字,因为阿佳莎不认字。他画了一个四方形,这是她的房子,又画了几棵树和用箭头组成的线条。线条越过山丘,抵达另一个四方形,那就是库宾先生的房子。最后一个箭头进入房子,变成了一条由小点组成的虚线,最终抵达一个大十字。那就是宝藏。宝藏旁边,铁木儿画了一颗破碎的心。

铁木儿觉得他画的这张藏宝图棒极了,于是他拿给艾丝特和玛蒂尔德看。但艾丝特还在睡觉,玛蒂尔德只顾吃草,对这根本没兴趣。

那么,阿佳莎那边情况如何呢?封·阿克费尔先生向她求婚,但她一开始什么话都没有说。

"亲爱的爱德华,"她最后说,"您的请求使我感到荣幸,但请给我一些思考的时间。"

"我虽然不能完全理解,可有什么办法呢?"封·阿克费尔先生回答,显然相当不开心,"我明天还会再来,当太阳降到橡树林上一个手掌宽时,我来听你的回答,我只能这样了。"然后他跑出屋外,差一点儿把花盆踢翻。

"可以摆放在屋子里的花!"阿佳莎喊道,"多好的主意呀!它可以在室内继续生长,就像在森林中一样。这样,冬天我仍然会有美丽的花朵陪伴。"

"您是不是还有另外的崇拜者呀?"封·阿克费尔先生不满地问。

"似乎是吧。"她回答说,"但他始终没有露过面。"

爱德华·封·阿克费尔先生上了马。阿佳莎把玫瑰花

Timur und die Erfindungen aus lauter Liebe

抱回屋子,放在桌子中央,为它浇了水,坐在它前面久久欣赏。

"我真想知道,是谁送来的!"她想,然后叹了一口气说:"我真想在对封·阿克费尔先生的求婚做出答复之前,知道到底是谁为我送来这么多的惊喜!"因为,她现在已经不再相信有什么精灵和魔法了。

突然有人敲门。阿佳莎立即站起身来把门打开。但外面却没有人,只听到灌木丛中传出沙沙的响声。在她的脚边,放着一卷浅色的皮革。

她把皮革打开,观看着上面神秘的图画。显然有人想让她去寻找一个宝藏。那个十字是什么意思呢?而且旁边还有一颗破碎的心?她纳闷极了。

不管怎么说,上面有一条固定的路线,从房子里走出来,然后越过山丘,到达另一座房子,房子的主人她不认识。她曾有几次从远处见过那个人的身影,但却从来没有关注过他。

阿佳莎在头上围了一块头巾,穿上暖和的斗篷和自己缝制的皮靴。她按照图中的路线走了过去。天空飘起了浓密的雪花。

第十八章

寻 宝

与此同时,铁木儿异常激动。阿佳莎找到藏宝图了吗?她是不是看明白了?而最重要的是,她是否会来呢?

他看了看库宾先生。他伤心地躺在床上,眼睛盯着房顶。

"我必须设法让他坐在房子中央,好让阿佳莎马上就看到,他就是那个宝藏。"铁木儿想,"我该怎么做呢?"

他斟了一杯水,放在桌子上。"这是给您的,库宾先生,"他说,"为了让您振作起来。"

"谢谢,我不想喝。"库宾先生脸冲着墙壁说。

"那么,或许我为您煮一点儿奶汤?请您坐到这边来!很快就会煮好的。"

"不必了,我不饿。"

"那就和我玩个游戏吧!"

"我没有兴趣。"

"您不必做什么,只需要坐在这里,其他的事情由我

Timur und die Erfindungen aus lauter Liebe

来做。我求您了!"

"那好吧。"库宾先生终于答应了,他站了起来。

铁木儿跑到作坊里,取来一些刨花,蹲在地上摆成一个指向库宾先生的箭头。

"一个有点儿奇怪的游戏。"库宾先生认为,"现在呢?"

"我们必须静等,"铁木儿说,"但我想不会太久。"

真的!有人敲门!库宾先生吓了一跳。"会是谁呢?"他急忙问道,又想像以往那样躲藏起来。但铁木儿严肃地拉住他。"别动,您必须坐在这里!"他说着去把门打开。

门外纷飞的雪花中,站着的不是别人,正是美丽的阿佳莎。她手中拿着那张藏宝图。"我不知道,是不是找对了地方,"她说,"按照这张图,应该就是这里。"

"完全正确。"铁木儿轻声说,"宝藏就坐在屋子中央。"然后请她进来。

库宾先生脸色突然变得苍白。"阿……佳莎!"他口吃地站了起来,几乎是敬畏地说,"您来看我!"他站在那里像是脚下生了根,一动不动。"真是幸运。"铁木儿想,"否则那个箭头就没有用了。"

"您认识我?"阿佳莎惊奇地问,"而且您还知道我的名字?是啊,其实也不奇怪,我们毕竟是邻居。我先得表示道歉,至今没有关注到您。这是很不礼貌的。"

她突然看见库宾先生脚下的箭头。这个人怎么会把自己当成宝藏呢?他或许有点儿神经不正常吧?但看起来他倒不像疯子,只是胆小和不自信罢了。

"但愿她对他有好感!但愿马上会产生火花!"铁木儿想着,"但愿她立刻就爱上他!"

"是您给我送来了这个信息吗?"阿佳莎举起手中的藏宝图问道,"也是您画的这个箭头吗?"

库宾先生摇了摇头。他接过图仔细看着。"您怎么会这样看我呢?"他说,并立刻高声喊道,"铁木儿,你在哪儿?是你想的这个主意吧?"

铁木儿从黑暗中走了出来,不好意思地低着头。"是的,"他承认,"是我干的。那又怎么样?您觉得这张图怎么样?我为它是费了很大工夫的。"

"当然,"库宾先生嘟囔着说,"画得的确不错。"

"看来,这位先生就应该是图中的宝藏了。"阿佳莎说。

"正是。"铁木儿说,脸上放出了光彩。

"可是,铁木儿!"库宾先生喊道,脸立即红到了耳根,"多么尴尬呀!我可不配被当作宝贝。"然后,几乎无声地说,"其实是个废物。"

阿佳莎环顾了房间。"噢,您也有一把长柄笤帚呀!"

Timur und die Erfindungen aus lauter Liebe

她喊道,"那边的阳台上也有一条和我一样的晾衣绳。我现在终于明白了。那后面放着的是什么呀?一个可携带的小屋顶。也就是说,这一切都是您给我送去的,是吧?"

"是的,是我。"库宾先生承认。

"还有用野蔷薇和山毛榉果做的项链?"

"也是。"

"那么,让我的房间芬芳四溢的森林野花呢?"

"也是。"

"还有今天的玫瑰盆花?"

"是的,那也是我送的。"库宾先生看着自己的脚尖说。

"完全是出于爱。"铁木儿高声说。

现在,阿佳莎也不说话了。

"是这样吗?"片刻后,她问。

"是的。"库宾先生说,声音几乎听不见。

"那您为什么从来没有对我说过呢?"

"我没有勇气。"库宾先生迟疑地说。

"他有点儿怕见人。"铁木儿解释说,"这个毛病有时候很严重。但现在已经有了很大改观。"

"我今天本来想敲您的门,"库宾先生说,"可是您家里有客人,于是我就回来了。"

"因为他听到,那位爱德华·封·阿克费尔正在向您求婚。"铁木儿说。

"原来是这样,"阿佳莎说,"所以藏宝图上才画了一颗破碎的心。"

"不仅在藏宝图上。"库宾先生轻声说。

然后出现了一片沉默,一种特殊的宁静。

"我还没有接受他的请求。"阿佳莎突然说。

"没有?!"铁木儿和库宾先生同时喊了起来。

"没有。"阿佳莎说,"我还没有下决心。"

"那您就可以嫁给库宾先生了!"铁木儿喊道。

"或许他根本就不愿意呢?"阿佳莎说。

"他肯定愿意。"铁木儿喊道,"是不是,库宾先生?"

"我无法想象还有比和您在一起更大的幸福。"库宾先生说。

"您说得真好。"阿佳莎说,"但我还是不能就这样和您结婚。因为我还根本不认识您呢!"

"我们能不能设法补上这一课呢?"库宾先生问。

她思考了片刻。"我得安静地好好儿想一想。"然后她说,"明天太阳降到橡树林上一手掌宽时,请到我那里去。那时我可能已经知道,事情将如何往下发展。"

阿佳莎转过身出门,消失在弥漫的大雪中。他们听着她的脚步声最终消失,在一瞬间他们几乎屏住了呼吸。

Timur und die Erfindungen aus lauter Liebe

是真实还是梦境呢?

然后,一股巨大的喜悦从库宾先生身上爆发了出来。他向后退了几步,猛地跳过桌子,奔出门外,跑到了山丘上,仰头对着浓密的雪花,双臂高高举起,至少转了二十个圈。

"我对她说了,是的,我对她说了!"他高声喊道。

"如果没有你,铁木儿,我将终生在伤心中生活。"然后他说,"你帮了我一个大忙。"

"这是朋友应该做的事!"铁木儿说着,大声笑了起来。

"由于你和我事先做了演练,她在门口突然出现,我才没有钻到地底下去。"库宾先生继续说。

"一切都好了。"铁木儿说,"但我现在得回家了。天已经很晚了,妈妈和爸爸还在等着我。我得给他们讲这里发生的一切。晚安,库宾先生!"

"晚安,铁木儿,我的朋友!"库宾先生在他身后喊道。他还仰头在雪中待了一会儿,因为他的脸还在发烫。

铁木儿给妈妈和爸爸讲述了所发生的事情。尤其是关于他画藏宝图的创意。

"我也不会想出更好的办法了。"爸爸称赞说。

妈妈甚至有点儿陶醉了。"这真是一个美丽的爱情故事。"她然后说。

"但愿吧!"铁木儿说,"而且,他今天真的是长出了翅膀,就像你前几天说的那样,妈妈。至少我们可以这样比喻。"

第十九章

姑娘提出了条件

这个早晨,库宾先生格外欢乐!他欢快地为玛蒂尔德挤奶,向刚从夜游中归来的艾丝特高声问候早安,吹口哨叫出拉斯劳斯,为它把早餐饲料摆成一个心形。然后他穿上暖和的皮夹克,头戴上皮帽。铁木儿戴上毛线帽,围上围巾,把厚厚的羽绒服一直拉到最上面。

他们到小溪去取水,小溪的边缘已经结了一层薄冰。铁木儿掰下一片冰片。"你千万不要再说服我去吃冰。"库宾先生说,"那是没有用的。"

铁木儿用嘴向冰片吹着哈气,直到冰片变得透明。"我说的不是这种冰,"他说,"我说的是冰激凌,有草莓的、巧克力的、蓝莓的,还有胡桃和开心果口味的……"

但库宾先生不想再听这些了。他们去河边打了很多次水,因为库宾先生需要很多水。为了庆祝这一天,他要沐浴更衣,毕竟他受到了阿佳莎的邀请。

他们把冰冷的水倒进一口大锅里,放在火炉上,还把其他的容器也装满水,放在火炉旁边。洗澡水终于烧好了。

库宾先生在房子里面洗澡,铁木儿等在外面,从挂着窗帘的风眼中,可以听到库宾先生的歌声:赞美大海和爱情……

铁木儿抬头观望天空。阴云遮住了阳光。"如果看不见太阳,怎么能够知道它已降到橡树林上一个手掌宽呢?"他担心地自言自语。

然后,刚刚洗过澡的库宾先生走出门来,穿着干净的衣服。他知道得很清楚,什么时候应该行动,尽管天空阴云遮日。然而,时间越是临近,他就越是显得不安。

终于,他迈出了勇敢的一步。"我现在都对自己感到奇怪了。"他自豪地说,"我感觉怕见人的毛病依然存在,但已经不像过去那么严重了。或许是因为我知道,阿佳莎正在等着我。"

很快,他们就来到阿佳莎的门前,库宾先生还是有些犹豫。"我觉得有点儿发烧。"他说,"而且相当厉害。"

"深呼吸!"铁木儿喊道,"您会成功的。"

就在这时,爱德华·封·阿克费尔也骑马赶来,他在拴马时,用眼睛瞟了库宾先生和铁木儿一眼。

"他很像是一名时装大师,把头发束在脑后。"铁木儿想,"很是张扬,和库宾先生摇滚歌星式的外表完全不同。"

而库宾先生则想:"我要是知道这个傲慢的家伙也来,我很可能就留在家里了。"

这时,阿佳莎打开了房门。"都请进来吧!"她友善地说。

她把唯一的椅子让给了庄园主,让库宾先生和铁木儿坐在一张长凳上,她自己则坐在床沿上。

封·阿克费尔先生始终盯着库宾先生。

"您就是我的情敌吗?"然后他问。

"也可以这么说。"库宾先生的声音有些颤抖。

"您竟敢如此大胆?!"封·阿克费尔先生的声音里带着威胁。

"您也是同样大胆呀!"库宾先生回答,声音大了一些,并坐直了身体。

"但我已经认识阿佳莎很久了,先来者优先!"封·阿克费尔说,并起身坐到了阿佳莎的身边。

"我认识她肯定更久。"库宾先生勇敢地回应,也很想到床沿去,坐在阿佳莎的另一侧。但他没有这样做。

"噢,爱德华,"阿佳莎说,"请不要出格。您应该表示赞赏才对!所有的惊喜——长柄笤帚、晾衣绳、飞椅和其他一些东西,都是库宾先生想出来的。一切都是他发明的!这些我昨天才知道。"

照常理说，那位庄园主这时应该站起身来，向库宾先生深深鞠上一躬，因为一位创造了笤帚、晾衣绳、秋千、雨伞、盆花以及世界历史上最美的情歌的发明者，并不是每天都可以遇到的。

可是，没有这事！他非但没有表示敬意，反倒是一阵污言秽语！

"是您把这些东西偷偷放在她门口的吗？"

"是的。"库宾先生回答。

"谁这样做，谁就是一头蠢驴，或者更恰当地说，就是一个胆小鬼，一个懦夫，一个夹起尾巴的人！"

"您说得很对……"库宾先生说，就像是一只折了翅膀的鸟。

"不要出言不逊，爱德华！"阿佳莎说，"库宾先生很谦虚，这我喜欢。"

"啊，根本就不值一提，"庄园主说，"这位先生只是一个小小的配角，是我们爱情史上一个彩色的斑点。重要的只有一个问题：您愿意做我的妻子吗？"

"我……我也向您求婚，阿佳莎。是的，而且就是在这里！"库宾先生喊道，比任何时候都勇敢，而且单腿跪在了地上。

"好，阿佳莎，您怎么说？现在就只听您一句话了！"庄园主问道。

"我现在还不知道。"她轻声回答。

"是因为他吗?"

她点头。库宾先生高兴得满脸通红。

封·阿克费尔先生站起来,在房间里来回走着。"最好的办法,是我们用决斗解决这个问题。您肯定有一支佩剑吧?"

"我没有佩剑。"库宾先生说着又坐下,"而且我也不想决斗。"

"因为您是个胆小鬼!"

"我不认为这是解决问题的好方法。"

"说得很对。"阿佳莎认为。

"让我们比一比财富吧!"庄园主提出建议。

库宾先生笑了。"那您已经取胜了。"

"或许我们可以比赛骑术!"庄园主又有了新的主意。

"骑在我的玛蒂尔德身上,我的形象会很不好看的。因为玛蒂尔德是一头母牛。"

阿佳莎笑了起来。

庄园主扬了扬眉毛。"您难道没有马吗?"他蔑视地问。

"没有。"

"没有马,没有佩剑,算是个什么男人!"

"问题并不在这里。"

铁木儿感到很吃惊。库宾先生怕见人的毛病几乎一点儿都没有了。

"我们献给阿佳莎一首诗吧！"他建议。

"作诗我不会。"封·阿克费尔先生说。

"或者一首歌，一首真正的情歌！您可以在晚上月亮升起的时候唱给她听。"

"噢，太好啦。"阿佳莎喊道。

"不行，我不会唱歌。"封·阿克费尔先生说。

"真可惜。"库宾先生想，因为这两件事他都做得很好。

"要不就送给阿佳莎些什么！"铁木儿建议。

"这个可以。"庄园主想了一下说，"您怎么样，情敌先生？"

"我同意。"库宾先生回答。在这方面他的经验很丰富。

"一件礼物，"阿佳莎想了一下说，"从礼品可以看出人品，这样很好。可是，如果我仍然无法做出抉择，怎么办？"

"那就送三件礼物。"铁木儿说，"第一件是七天以后，当落山的太阳降到橡树林上一个手掌宽的时候；第二件是再过七天以后；第三件又是七天以后。你们觉得如何？"他向周围看了看。

Timur und die Erfindungen aus lauter Liebe

"好主意。"庄园主说。"我同意。您呢?"

"我也同意。"库宾先生说。

"但我必须提出一个条件。"庄园主继续说,"在这期间,我们谁都不许和阿佳莎约会,除非是偶然的相遇,好吗?"

"没问题。"库宾先生回答,于是击掌为誓。

"我先告辞。我们七天以后再见。"封·阿克费尔先生迈着大步离开了阿佳莎的茅屋。

"他的脚很大,鞋码至少是五十三号!"铁木儿估计。

"再见,阿佳莎。"库宾先生说,"我……我的名字是霍滕修斯,如果您能这样称呼我,我会很高兴的。"

"很愿意,霍滕修斯!"阿佳莎笑着说。

"再过三个七天,就是圣诞节了,如果我没记错的话。"在回家的途中,库宾先生突然想起来,他现在走路都有点儿跳跃。

"这就是翅膀。"铁木儿想,"是的,就是妈妈提到过的翅膀,人恋爱的时候就会长出来,它真的出现了。或许还有些脆弱,但却能够感觉得到。"

"爸爸,你送给妈妈的第一件礼物是什么?"到了晚上,铁木儿问。

"等一等,"爸爸说,"让我想一想。"

"是一本书,弗朗茨·卡夫卡的书。"妈妈说。

"对,正是!"爸爸喊道。

"但库宾先生不可能送给阿佳莎一本卡夫卡的书。"铁木儿说。

"当然不能。"爸爸说。

"那么你呢?你送给爸爸的第一件礼物是什么?"

"一张唱片。"妈妈说。

"就是!"爸爸高声说,"是勃拉姆斯的第二交响曲,我还记得很清楚。卡拉扬指挥,柏林爱乐乐团演奏。"

"这你还都记得!"妈妈吃惊地问,向爸爸抛去一个柔情的目光。

"这种事情是不会忘记的!"他回答,感到很是得意。

"一张唱片,库宾先生也是不会送给阿佳莎的。"铁木儿说。

"不会。"他的父母齐声说,"这他不可能送。"

Timur und die Erfindungen aus lauter Liebe

第二十章

第一件礼物

是啊,库宾先生应该送给阿佳莎什么礼物呢?他冥思苦想了整整三天。他坐在畜圈玛蒂尔德身边的干草堆上,一动都不动,或者蹲在劈柴堆旁的木墩上,静静地思考。然后他又左右漫步,在房间的火炉旁,或者在作坊旁覆盖着白雪的草地上。有时他也心不在焉地转着圆圈,围绕着山丘顶上的空地,反反复复。

或者他干脆就去散步,最喜欢去森林,因为在那里会产生最好的灵感。铁木儿跟在他的身边,不去打扰他。他有时仰望树梢,看到老鹰在空中盘旋,似乎它也在考虑应该送给阿佳莎什么礼物。啄木鸟用它的尖嘴敲击着树干,寻找食物,小山雀在树枝间飞来飞去,如此轻盈,仿佛它们根本就没有分量。不知库宾先生是否也看到了这些?铁木儿不知道,因为库宾先生在思考,思考,思考……

直到第四天早上,吃过小米粥之后,库宾先生突然有了灵感。

"快穿暖和点儿,铁木儿!"他说,"我们要走远路。"

他拿给铁木儿一件皮背心穿在羽绒服外面,自己穿上皮夹克,戴上皮帽子,穿上自己缝制的皮靴。他们还在口袋里带上几个苹果,红色的,虽然有点儿发皱,但却很甜,然后就上路了。

他们穿过白雪覆盖的田野和草原。太阳光下,积雪闪着银光。他们在地上看到了鸟的足迹、野兔和马鹿的脚印,甚至发现了狼的踪迹。

灌木丛像是盖上了白色的棉纱。树上挂着一排排雪花小帽。有时它们会像羽毛一样从上面轻轻飘落下来。雪花结晶像宝石一样闪着光芒。还没有人在这里走过,地上的积雪,还没有受到人的践踏,洁净地闪着白光,似乎这世界如此空灵无瑕。

走了几个小时以后,他们来到了目的地——大海边。那是一个蓝灰色的世界,轻轻的浪花在海面上追逐着。对面的山丘上有一个身影在散步,眼睛始终望着海面。

"那是弗里德里希吗?"铁木儿好奇地问。

"是的。可你是怎么知道的呢?"库宾先生吃惊地问,"你总是让我感到意外!"然后他伸开双臂左右摇摆着。海面上有一艘小船,船上坐着老渔夫弗朗茨。在弗朗茨

Timur und die Erfindungen aus lauter Liebe

面前库宾先生倒是一点儿都不害羞,因为他们已经认识很久了。弗朗茨往回招手,掉转船头,向岸边驶来。他下了船说:"又见到你,真好,霍滕修斯。"他们热烈地拥抱。

"他是谁?"

"是我的朋友铁木儿。"库宾先生做了介绍,"他来自另外一个时代!"

"是啊,是啊,不过,谁又会相信呢?"弗朗茨说,"你总是和别人有点儿不同,霍滕修斯。你们肚子饿了吗?要不要我给你们烤鱼吃?"

这真是一个好主意。库宾先生和铁木儿走了这么远的路,早已饥肠辘辘了。他们和弗朗茨去了他的茅屋,就在附近被雪覆盖的沙丘上,他们早已忘记了不同的时代的事。

弗朗茨弄旺了炉火,烤上一条大鱼,撒上海盐和干草药。味道真是好极了。

吃过饭,他问:"我能为你做点儿什么,霍滕修斯?你走了这么远的路,肯定有事而来!"

"你对大海肯定十分熟悉,弗朗茨,"库宾先生说,"你知道,有一种白色的大海螺,一个游人告诉我,说它像光一样透明,形状就像一个巨大的蜗牛壳。最妙的是:如果把它放在耳朵上,就能够听到大海的呼啸。我需要一个这样的海螺。"

"等一等。"弗朗茨说着站起身,"我记得,去年夏天我好像找到了一个这样的海螺……放到哪儿了呢?"

他在房间各个角落里翻腾着,最后在一张渔网下面,取出一个篮子,上面盖着一块布,看不见里面。"这是你要找的吗?霍滕修斯,我的朋友?"他问,并揭开那块盖布。

真的。那里面放着五个海螺,非常精细,白色,每个都像香瓜那么大。库宾先生几乎有些敬畏地拿过来依次观看,从各个方面,并放在耳朵上聆听。

"这个是最美的。"他最后说,"毫无疑问,里面大海的呼啸也是最响的,把它给我吧,弗朗茨。你想用什么交换?"

"一块用玛蒂尔德的奶做成的干酪,"弗朗茨说,"我很爱吃。每天都吃鱼,时间长了,就有些太单调了。"

"一言为定!"库宾先生说,"我会尽快给你送来的。"告别以后,他们又费力地踏着积雪往回走。说费力,当然指的是铁木儿。库宾先生的步伐像芭蕾舞演员一样轻盈,手中小心翼翼地托着海螺,就像是托着一枚易碎的鸡蛋。

那么封·阿克费尔先生呢?他这时正趴在他的豪华大床上,双手支撑着脑袋,想着阿佳莎和给她的礼物。是啊,他还能想什么呢?而且,他十分有把握:他的礼物绝对无人能够超越。

就在达成协议后的第七天,在太阳快要降到橡树林上一手掌宽的时候,库宾先生和铁木儿出门去了阿佳莎的家。越是接近阿佳莎的房子,库宾先生就越是激动。尽管他的膝盖还有些发软,但却不会再转身回来,尽管还有些害怕,但却不会再感到胃里不舒服了。只是他的呼吸比平时更加急促,他能够感觉到自己怦怦的心跳。

"我怕见人的毛病,好像越来越少了。"他有些得意地说。

"有一天您会完全克服的。"铁木儿说。

"完全有这个可能,铁木儿,完全有这个可能!"库宾先生说。

他终于勇敢地走完了最后几步路。

几乎与此同时,庄园主也准时到达了。他一只手拉着马缰绳,另一只手托着一个大包裹。"噢!"库宾先生只是喊了一声,又低头看了看自己的小礼物。

这时,阿佳莎打开了房门,向他们问候。大家进去坐了下来,每人得到一杯越橘酒,包括铁木儿。然后,庄园主递过他的礼物。这是一个布包,包装得十分精致。

阿佳莎把包裹打开。里面是什么呢?是一件厚重的熊皮斗篷,带有一个很大的风帽。

"您觉得怎么样?"庄园主傲慢地问,充满期待地用右脚尖在地上打着节拍。

"好极了,爱德华!"阿佳莎喊道,并立即穿在身上,来回转动着。铁木儿用眼角的余光瞥了库宾先生一眼。他看起来显然受到了相当大的打击,就好像他的翅膀被折断了一样。

"那么您给我带来了什么啊,霍滕修斯?"阿佳莎问。

"请看吧!"库宾先生把他的小包裹递了过去,"它很小,而且也很易碎。"

阿佳莎小心翼翼地把包裹放到桌子上——包装得很精美,甚至系上了一条彩带,彩带下面还缀了一朵夏季的干花。她打开包裹。

"这是什么啊?"她吃惊地喊道。

"正像我所说的,一件微不足道的小东西。"库宾先生谦逊地说,"这是一个海螺,一个神奇的海螺。"

"噢,我还从来没有见过。这么细嫩!这么闪烁!您是从哪儿得来的呀?"

"我为了您步行去了海边。"

"那它为什么是一个神奇的海螺呢?"

"如果您把它放在耳朵上,就会听到大海的呼啸。"

阿佳莎立即把海螺按在耳朵上。"大家不要说话……是的,我听到了!"她坐在那里,静静地聆听着。

Timur und die Erfindungen aus lauter Liebe

"这有什么特殊的?他只是步行去了海边,取来了一个可笑的海螺。即使是神奇的海螺又有什么了不起。这一切都只不过是一个泡沫。而我,却不惧荆棘进入大森林,猎到了一头熊,多大的一头熊啊!"封·阿克费尔先生说,用手轻轻地抚摸着熊皮。

"但愿不是库宾先生曾去它的洞中偷蜜的那头熊。"铁木儿想,"不过恐怕就是那一头。"

库宾先生转过身去对封·阿克费尔先生说:"确实,您为阿佳莎做了更危险的事情,并送给她一件实用的礼物,这我得承认。"

"您听到了吗!"封·阿克费尔先生对阿佳莎说,"这也就已经证明,谁是今天的胜者了。事情已经十分明白,一比零,我赢得头彩!"

"这不是一首诗吗?"铁木儿说,"您不是说,您不会作诗吗?"

"确实!"封·阿克费尔先生喊道,"我顺口就吟出了一首诗来,那是怎么说的?"

事情已经十分明白,
一比零我赢得头彩!

铁木儿重复了一遍。

"押压得多漂亮啊!"庄园主喊道,"凡事一押韵,成功就到手,您说是不是,阿佳莎?"

"一个送给我斗篷,为我冬季挡寒,另一个送给我海螺,聆听大海的呼喊。哪件礼物更珍贵,要看在什么情况下使用。"她说。

她这么一说,库宾先生和庄园主也只能同意,在不同的情况下,价值也是不同的。他们告别,各自走了。阿佳莎站在门口,穿着熊皮斗篷,一只手向他们打招呼,另一只手托着海螺。

"其实,去森林猎熊的并不是我,而是我雇的猎人。但这不必让阿佳莎知道。"封·阿克费尔先生在回家的路上想,"否则我雇猎人干什么!"

"爸爸,你送给妈妈的第二件礼物是什么?你还记得吗?"铁木儿晚上问道。

"我可能不记得了。"爸爸说,"不,我确实记不清了。"

"可是,我记得!"妈妈说。

"真的吗?"爸爸高兴地喊道。"那是什么呢?"

"去赫尔果兰岛旅行,是乘船去的。"妈妈说。

"真是好主意,"铁木儿说,"或许库宾先生应该邀请阿佳莎去大海乘船。和弗朗茨一起。对,这肯定可以。可

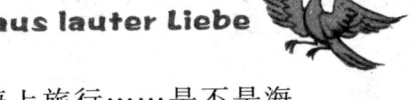

Timur und die Erfindungen aus lauter Liebe

我不知道,先是海螺,然后又是海上旅行……是不是海太多了,你们觉得怎么样?"

"很可能是这样。"他的父母说。

"尽管如此,但如果仔细想一下,"爸爸补充说,"大海其实是看不够的。"

第二十一章

第二件礼物

这期间,库宾先生已经开始思考第二件礼物了。他背着双手绕着茅屋转圈,至少转了二十五圈。他看天空,又看大地,好像那里能够找到什么他需要的东西。他长时间穿行森林,深深地思索,前后左右踱着步子,铁木儿则跟在他身后,他一时也想不出什么好主意来。

到了第二天早上,库宾先生一直也没有想出好主意,尽管他集中精神绞尽脑汁。快中午时,他忽然说:"在我的内心里,礼物的图像已经逐渐形成了。"

铁木儿紧张地看着他,猜测着会是什么。到了中午,库宾先生终于想清楚应该是什么了:一件泳衣,而且是红颜色的,与冬天形成反差,作为对夏天的愉悦期待,作为和海螺的配套,而且在那个时代,是全世界任何其他女人都不会有的东西。

这样,阿佳莎就可以在夏天到河里去沐浴了,就不用像现在这样偷偷在夜里裸身下水,或者白天把裙子挽

Timur und die Erfindungen aus lauter Liebe

过小腿去河里趟水了。

库宾先生思考着做泳衣都需要哪些材料：红色的麻布和一些缝纫工具。于是，他们穿暖衣服，又上路了。外面很冷，呼出的气顿时变成了白雾。

下午，他们来到一个村庄，那里住着很多织工。到了村口，库宾先生又开始有些犹豫，不想再往前走。可是过了一会儿他说："这毕竟是为了阿佳莎，我不能再怕见人了。"他振作了起来。

那都是些勤劳的织工，日夜在劳作。但他们所织的布匹，全部是白色、褐色和灰色的。

铁木儿很失望。只有红色才具有轰动效应。

但库宾先生却选择了一块嫩白色的麻布，还买了几根针、一团线和彩带及绳子。他没有付钱，而是用几口袋草药和一块用玛蒂尔德的奶做成的黄油交换。然后他们就踏上了回家的路。

"可惜麻布不是红色的。"铁木儿叹口气说。

"是的，"库宾先生说，"但它会变成红色的！"

"怎么变呢？"铁木儿问，"难道我们要去染坊吗？"

"那需要太长时间了。"库宾先生说，"我自己去染红它。"

"那您怎么做呢？"铁木儿问。

"好像我事先就有了预感，所以在夏天采集了一些罂粟花，颜色特别美。我把它们放在水里煮，然后把麻布放进去。你会看到，那是很美妙的变化。只要有发明灵感，一切都是可行的。"

"太棒啦！让我们马上开始实验吧！"

"今天不行了。天色已晚，你的父母还在等你呢。"

"是啊。明天再说吧，库宾先生！但我回来以前先不要染布，好吗？"

"不会的，不会的！"

第二天早上，他们把罂粟花瓣倒进热水锅里，然后再把那块白布浸到里面，用一根长长的木棍充分搅拌。白布开始逐渐变红，一个小时以后完全变红了，红得像罂粟花一样鲜艳。他们把它取出来，搭在系在两根梁柱间的晾衣绳上。红色的水滴滴到了地上，他们等待它晾干。他们顺便为母牛玛蒂尔德挤了奶，并给它喂些干草，又和睡眼蒙眬的猫头鹰艾丝特聊了一会儿天，吃了一顿丰富的早餐，有荞麦面包和根茎果酱，小仓鼠拉斯劳斯当然也不能缺席。

"由谁来缝制那件泳衣呢？"铁木儿突然问。

"当然是我。"库宾先生说，"还能有谁？"

"您？"铁木儿惊奇地问，"您会吗？"

"我的衣物一直都是我自己缝制的。"库宾先生回答，

Timur und die Erfindungen aus lauter Liebe

"为阿佳莎缝衣服,我当然要格外用心,肯定会成功的。"

布晾干了以后,他取出铁木儿给他带来的剪刀,开始剪裁。库宾先生十分认真,一再停顿思考,就好像是时装大师那样。然后他把各个部件缝在了一起。

"这看起来倒像是一件连衣裙。"铁木儿说。

"阿佳莎也是一个女人。"库宾先生回答。

"我可不愿意穿着这样的衣服去沐浴,裙子会湿乎乎的,老是贴在大腿上。"铁木儿说,"还有那长长的衣袖,也很不方便!"

"你说得很对。"库宾先生说着把裙子和袖子都剪短,然后比着胳膊,一直剪到能够遮盖必要部位的长度。

"好些吗?"他问。

"好多了!"铁木儿说。"您应该把短裙改成短裤,这样就更加实用。"

"很对,"库宾先生继续缝啊剪啊。最后,袖子只剩下了两条带子,腰部他缝上几条小彩带,短裤口上缀上漂亮的花边。

"这是一件真正的泳衣。"铁木儿喊道,"不再是一条裙子了。"

"只是相当大胆了些。"库宾先生说,"但阿佳莎的身材穿它,应该没有什么问题。"

"美女玛达莱妮会嫉妒得脸色发白的。"铁木儿估计。

晚上,他给父母讲了第二件礼物的事。

"这很可能是全世界第一件泳衣。"妈妈说。

七天又过去了,冬天的太阳又降到橡树林上一手掌宽了。庄园主骑着马及时赶来。铁木儿和库宾先生也赶紧跑下山丘。库宾先生的心仍然跳得很厉害。"不必担心,"铁木儿说,"今天我们肯定胜过那个爱德华!"

这次情况与上次恰恰相反。库宾先生的包裹虽然仍然很小,但庄园主的包裹,却比它还要小。但大家都知道,礼物的大小说明不了任何问题。

阿佳莎热情地向大家问候,又给每人端上了一杯越橘酒。

"我的第二件礼物,肯定会比第一件更让您喜欢。"庄园主说,"我对此信心十足。"他把礼物递了过去。

"好紧张!"阿佳莎喊道,随即把包裹打开。

显露出来的是一条精细的金项链,非常漂亮。

"真美!"库宾先生赞赏地说。

"对我来说可能是过于美了!"阿佳莎喊道,但她说的是实话。

庄园主感到十分得意。"我马上给您戴上吧,"他说,"看它和您多么相配呀!只需要几件精美的礼物,就会把您从一个山野姑娘变成可登大雅之堂的贵妇人。"

Timur und die Erfindungen aus lauter Liebe

阿佳莎咽了两口吐沫。"这是一个不同寻常的赞扬,爱德华!"阿佳莎回答说。

"可我还是更喜欢一个山野姑娘,就像您现在这样。"库宾先生说。

"我也是。"铁木儿附和说。

阿佳莎又笑了。然后她又打开了库宾先生的第二件礼物。

"一件可以穿的东西。"她说,但又犹豫了一下,"可这是什么呢?"

"一件泳衣,"库宾先生说,"是给您夏天沐浴用的。"

"无耻!"庄园主喊道。

"为什么这么说?"阿佳莎手中拿着泳衣问。

"人们会看到您身体的,您裸露的胳膊,您的大腿,这是不行的!"

"我却觉得没什么。"阿佳莎说。

"而且,"庄园主说,"这也不合时宜。谁在这么冷的冬天送这个呀,简直是胡闹!"

"我可以把熊皮斗篷穿在外面呀!"阿佳莎笑着说。

第二十二章

第三件礼物

现在的关键,就是第三件礼物了。可应该送什么呢?一是不能太昂贵,因为库宾先生并不富有。但又必须是比较特殊的东西,因为封·阿克费尔先生是不会轻易服输的。

"你们觉得怎么样?"铁木儿问他的父母。他们想了很久,觉得必须是库宾先生的世界里还没有的东西。

"一个黄色塑料救生圈,"妈妈说,"这正好和泳衣配套。"

"这太俗气了。"铁木儿说。

"或者一只熨斗。"妈妈突然想起来,"这对阿佳莎正好合适,可以熨她的第二件衣服,麻布衣服最容易皱了。"

"一台电视机。"爸爸说。"带上DVD播放机。"妈妈补充说,"她会感到惊喜的。"

铁木儿看了一眼父母,摇了摇头。他们怎么会如此

Timur und die Erfindungen aus lauter Liebe

愚蠢呢!

"啊,我忘记了……"妈妈说。

"行了,行了,我也忘记了……"爸爸说。

"没有关系!"妈妈喊道,"我们在这里买点儿什么,给她带去。"

"别说了,"铁木儿喊道,"你们说得太不靠谱了!"

库宾先生想了整整两天。到了第三天,他突然有了主意。那当然是在森林里。因为只有在那里,人才能产生灵感。

"是什么呢?"铁木儿好奇地问,但库宾先生没有直接回答。从他表情上看,他从来没有这样开心过。

回家以后,他从储藏室里取出蜂巢,把里面的蜂蜜挖出来,只留下蜂蜡。其中的一部分,他放到锅里融化开,变成液体。而大部分他剪成小方块,在中间放上事先在蜡液中浸过的线绳,然后做成蜡烛的样子,闻起来有一股蜂蜜的味道。

铁木儿在旁边看着,有时也伸手帮一把。

"这就是给阿佳莎的礼物吗?"他不太高兴地问。

"只是其中的一部分。"库宾先生说,然后就又沉默不语了。

他用浅色的杨木刻成几只小烛台。这个工作持续了很久,一直到晚上还没有完全刻好。铁木儿回家睡觉了,他还在继续工作。铁木儿躺在床上给父母讲了这件事,他们共同猜测这第三件礼物到底是什么,故事的结尾会是怎么样。但他们三人谁也想不出一个结果来。

第二天,又下了雪。库宾先生和铁木儿去了森林,采了一些松塔,回家后用漂亮的彩带拴好,可以挂在什么地方。不太好的,他们就扔到火炉中当柴烧。它们发出噼噼啪啪的响声,爆发出闪闪发亮的火星。库宾先生显然很开心,他一边工作,一边唱着小调《冬之歌》。

然后,他取来一只装满坚果的篮子,递给铁木儿一把木槌,让他小心地把坚果砸开,用一个石臼把果仁捣碎,与葵花子和谷粒混合在一起,放在锅里炒熟。里面放入蜂蜜搅拌,再加上一些荞麦面、几个鸡蛋和蓝莓干。最后把它做成星星和半月状的小面片,在炉子上烘烤,直到它们酥脆,散发出甜美的香味。

这些小饼干被放在风眼台上冷却。小仓鼠拉斯劳斯得到半块小饼干试吃,另一半库宾先生放在嘴里。铁木儿得到一整块,放在嘴里一尝,味道真的好极了。

晚上,他和父母再次猜测库宾先生的礼物到底是什么。饼干再好吃,想用它战胜庄园主,铁木儿仍然有些怀疑。

Timur und die Erfindungen aus lauter Liebe

"噢,"爸爸说,"我要是阿佳莎,这些美食会让我忘掉一切的。"

"我完全同意你的判断。"妈妈说。

第二天,库宾先生仍在雕刻他的烛台。他还雕刻了一颗大星星,粘在一块钢笔帽形状的木头上。到了晚上,他们把每块晾干的饼干中间都扎了一个小孔,让线绳从中间穿过。库宾先生又挑选了几只闪亮发红的冬苹果,让铁木儿在把上拴上线绳。

就在他们坐在那里做这些事情时——小仓鼠拉斯劳斯趴在铁木儿的膝盖上酣睡——突然有人敲门。库宾先生一惊,像以前一样一下子跳了起来。苹果从他身上滚到了地下。

门被推开了。门外会是谁呢?

"阿佳莎,是您?"库宾先生惊叫了一声,赶紧用一块布把饼干和剩余的苹果盖上,"您到这儿来干什么?我虽然很高兴,但这违反协议呀。我们其实是不应该见面的!"

"除非是偶然相遇。"阿佳莎说,"这就是一个偶然的机会。我家里的火种熄灭了,我需要你们的帮助,否则我会在夜里挨冻的。难道这不是理由吗?"

"当然是理由,没有人会质疑。"库宾先生说。他从火炉里铲出一些火种放到一只铁桶里。阿佳莎说:"作为感谢,我要改称您为你了,霍滕修斯。您同意吗?我们都不属于骑士阶层。"

"当然同意!"库宾先生喊道,"我实在太同意了!"

"那就明天见,霍滕修斯!"阿佳莎说,"你能替我扶住门吗?这样提着沉重的铁桶会更方便些。"

"当然,阿佳莎。我也可以帮你送回家去!"

"不,不,我还拿得动。但还是要谢谢你。多保重!"

"明天见!"库宾先生说,就像是在梦幻之中,阿佳莎已经走远了,他仍然站在门口望着她的背影。回到屋子后,他仍满脸的幸福。

"只剩一个晚上了!"铁木儿想,"他还在这里跳来跳去,手中只有几支蜡烛和几个烛台以及一些小饼干、苹果和松塔。都是些小物件。这怎么能够成为像样的礼物呢?"

他胃里已经感到不舒服了,他很为他担心。

明天?明天是圣诞节呀!

多好听的名字啊,就像是音乐,而且十分神圣!

圣诞节早上,天空被一片雪云笼罩着。库宾先生和铁木儿一起去了森林。他随身带了一把斧头。他们走啊走啊,直到找到一棵枞树——不太大也不太小,长得很

Timur und die Erfindungen aus lauter Liebe

好,满是嫩绿的针叶。库宾先生把它砍下,扛在肩膀上带回家。

"现在我终于知道了!"铁木儿喊道,心里一块石头落了地。

"你说什么?"库宾先生问。

"这就是您想送给阿佳莎的礼物!"

"我觉得没有比这更好的了,"库宾先生说,"外面是那么黑暗和寒冷。于是我想,我要为她的房间送去光明。我想了很久,蜡烛应该固定在什么地方,直到我想起了冬天还保持针叶的绿树,它有森林的芬芳和能够托起蜡烛的枝干。而且它还有很多地方可以悬挂小饰物和一些小甜点。你觉得这个主意怎么样,铁木儿?"

"太棒啦,库宾先生。这样一来,您真的是圣诞树的发明者了!真是难以想象。而且我就是这个伟大发明的见证人!"

"没有你也是不能成功的,铁木儿,至少不会这么完美。"

铁木儿高兴极了。

"还缺少点儿东西。"库宾先生思考着。为了让这棵树能够稳固地立在阿佳莎的房间里,他又用木头做了一个底座,这需要的时间有点儿长,一直干到下午以后,库宾先生还在底座上雕刻了很多天使的头像和翅膀。

铁木儿焦急地等待着。他看不见太阳,因为被乌云遮住了。他也无法说,什么时候应该出发。太阳降到橡树林上一手掌宽的时候,正是平安夜开始的时辰。

库宾先生完工时,天色已经相当晚了。直到这时,他们才抬着树走下山去。库宾先生扛着树和底座,铁木儿拿着一只篮子,里面装着蜡烛、饰物和饼干。

库宾先生仍然能够迈着镇定的步伐前进。脸上带着微笑,他那怕见人的毛病几乎消失得无影无踪。难道这与圣诞树有关吗?圣诞树是会释放魔力的,人们都这样说。

"不管怎么说,"铁木儿想,"他们两人之间微弱的翅膀确实成长了起来,力量已经相当强大了!只有这样,才能解释库宾先生令人吃惊的变化。"

他们敲阿佳莎的门时,时间确实已经很晚了。

"我可以把礼物送进去吗?"库宾先生说,"礼物太大,几乎进不了门,而且我还得把它安装起来。"

他把树拖进了房间。

封·阿克费尔先生已经在屋子里了。

"噢,我的情敌送来一堆木柴!"他笑着喊道。

"等一下再做评论吧!"库宾先生充满信心地说。他随即把树固定在雕刻有天使头像的底座上,然后让铁木儿把松塔递给他,把它们挂在树枝上。现在该轮到苹果了,

Timur und die Erfindungen aus lauter Liebe

大苹果挂在下面,小苹果挂在上面。剩下的小饼干,分别挂在树的各个部位。房间里顿时散发出枞树、蜂蜜和饼干的香味。

"最后,"库宾先生说,"才是主要项目。"他把蜡烛安在烛台上,再固定到树枝上面。枞树的尖端,他安上了那颗大星星。

"我差一点儿忘记了。"他说着取出一个口袋,把里面的东西倒在桌子上。那是一堆干玫瑰花。他再把它们散放在枞树的枝条上,看起来就像整棵树上都绽放着花朵。

现在开始了最庄严的时刻:库宾先生拿着一片带火的刨花,点燃了树上的所有蜡烛。"圣诞快乐!"他对大家说。

阿佳莎静静地观看着这一切。烛光在她眼中闪烁。它也闪烁在铁木儿的眼中,他的脸放出兴奋的光彩;它也闪烁在库宾先生的眼里,他沉默不语,满面堆着幸福的笑。

爱德华·封·阿克费尔悄悄离开了房间。他表现得很有绅士风度,这我们必须承认。他从阿佳莎的脸上看到,他已经失败了,虽然他的礼物还没有打开。但他已经没有了回旋余地,这一点他十分清楚。圣诞树确实释放出了神奇的力量。

他带走了礼物,准备送给美女玛达莱妮。一切都发生了逆转。

库宾先生仍然热爱着阿佳莎,坚贞不渝。

阿佳莎也爱上了库宾先生。这改变了一切!

庄园主重新转向了美女玛达莱妮。美女十分高兴……

"圣诞快乐!"铁木儿向父母祝贺。

"你终于回来了!"他们感到奇怪,"而且是在对库宾先生如此重要的日子。快给我们讲一讲吧!"

铁木儿兴奋地讲了故事的结局。他的父母感到十分惊奇。他们最惊奇的是库宾先生彻底克服了怕见人的毛病。

"但愿他不会复发。"爸爸说。

"怎么会呢!"妈妈说,"这又不是骨折。而且他还有阿佳莎。"

"然后呢?"他的父母问,"继续讲下去,铁木儿!"

"以后的事,我也不知道。"他说,"我不想去打扰他们。我觉得,此时此刻他们不需要有第三个人在场。等到了春天,燕子从马略卡岛飞回来,我再去看看,库宾先生和阿佳莎生活得怎么样。"

"这是个好主意。"他的父母也表示赞同。

Timur und die Erfindungen aus lauter Liebe

"另外,铁木儿,"妈妈说,"你把整个故事讲得这么好,我得说……真是完美无缺!"

"我还想把这个赞扬升级,"爸爸说,"讲得真是太酷了!"

"想比这更好,已经不可能了。"妈妈赞同道。

"可是,千万不要说得太过分。"铁木儿谦虚地说。

他们开始庆祝圣诞节,这是他们度过的最好的圣诞节了。

那么,库宾先生和阿佳莎呢?

他们在为下一个新年集市舞会做演练,围绕着那棵美丽的圣诞树欢快地跳着。

这期间,库宾先生还抓紧时间,为阿佳莎修好了门前那摇摇晃晃的楼梯……

作者简介

玛丽丝·巴德利
Marlies Bardeli

　　玛丽丝·巴德利生于德国北部古城策勒。在大学攻读音乐和日耳曼语言文学专业,后在汉堡任教师。撰写了大量童书、剧本及电视剧脚本。本书获得"德国青少年文学奖提名奖"。

绘者简介

安珂·库尔
Anke Kuhl

安珂·库尔,1970年出生,在法兰克福从事美术工作。为多部图书绘制插图。曾获特洛伊多夫图画书奖金和欧伦斯皮格尔图画书奖。